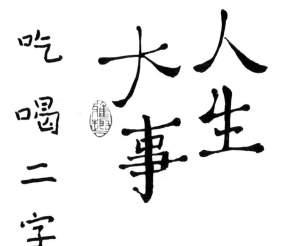

人生大事

吃喝二字

梁实秋
汪曾祺
蔡　澜　等著

SPM
南方传媒

广东人民出版社

· 广州 ·

# 虾饺

好的虾饺大小像核桃，形状如弯梳，

故有「倒扇」之称，

至于有多少折叠，那并不重要。

# 栗子糕

我家住在北平大取灯胡同的时候，

小园中亦有栗树一株，

初仅丈许，不数年高二丈以上，结实累累。

# 豌豆黄

「豌豆黄」之下街卖者是粗的一种，
制时未去皮，加红枣，
切成三尖形矗立在案板上。
实际上比铺子卖的较细的
放在纸盒里的那种要有味得多。

# 藤萝饼

我家小园有一架紫藤，花开累累，满树满枝，乃摘少许，洗净，送交饽饽铺代制藤萝饼，鲜花新制，味自不同。

目录

人生大事
吃喝二字

壹

# 岁月悠然

## 布衣饭菜 · 贰

市井长巷
食味人间

（叁）

# 半日浮闲
# 慢食三餐 肆

# 人生大事 吃喝二字 壹

吃，是一种生活态度，一种热情，其他的可以消失，但是热情不可以消失。

# 蟹满汉

蔡澜

通常，用一种食材，做出种种不同的菜，都叫什么什么宴，但以螃蟹入馔，蟹宴的称呼似乎不够，应该用三天三夜也吃不完的满汉全席来形容，叫作"蟹满汉"。

从凉菜算起，北海道的大师傅把一只大蟹钳的壳剥了，用快刀左横切数十刀，右横切数十刀，放入冰水，蟹肉就像花一样展开，最后功夫，燃了喷火枪在表面上略微烧一烧，就可上桌。肉半生熟，蘸点山葵和酱油吃，是天下美味。

潮州人的冻蟹，原只清蒸后摊冻，没有其他调味，鲜甜味觉也表露无遗。

醉蟹是上海的传统名菜，把活生生的大闸蟹浸在花雕酒里，味渗入蟹膏，那种甘香醇美是煮熟的蟹中找不到的。当今的新派上海菜，加了话梅、红枣和花椒，浸个五天，什么蟹味酒味香味都没了。

还是我母亲的醉蟹做得好，她早上到市场买了两只最肥美的膏蟹，回家洗净劏开，去了内脏，斩成六件，蟹钳用刀背拍碎，然后倒入三分之一瓶的酱油，兑了一半盐水，加一小杯白兰地，和大蒜瓣辣椒一齐生浸到晚上，就能吃了。上桌前把糖花生拍磨成末撒上，再淋白米醋，甜酸辣香，是最完美的醉蟹。

法国人的海鲜盘中，冰上放的泥蟹是煮熟的，但味道不像中国人批评的那样失掉，还是很鲜甜。有时也会碰上全身是膏，连蟹脚也黄的西洋黄油蟹呢。

更多的冷蟹吃法，已不能一一细数，我们要进入蒸的阶段了。大闸蟹是所有螃蟹之中拥有最强烈的滋味的，清蒸黄油蟹卖得很贵，但便宜的澳门特产的奄仔蟹也很不错。各有各的爱好，不能说谁比谁更佳。

新派菜中的蟹黄蒸蛋白，雪白的蛋白上，铺了蟹膏，一橙一白鲜明亮丽，叫人赏心悦目。但是两者完全不能结合，蛋白是蛋白，蟹膏是蟹膏，就算掺着来吃也是貌合神离。建议年轻师傅把蟹肉拆了混进蛋白中，反正两者都是白色，不影响色调，就能配合得天衣无缝。冬瓜蒸蟹钳是懒惰人的吃法，虽说啖啖肉，但吃螃蟹全不费功夫，味道也跟着减少，不如干脆去吃蟹粉小笼包吧！

【醉蟹】

蒸螃蟹还有另一境界，那就是台南人做的红蟳蒸饭。蟳，闽语蟹的叫法。这道菜也许是福建传来的，蒸笼底铺上荷叶，糯米和蒜蓉上面放一只膏蟹，蒸得蟹汁全流入干爽不黏口的糯米饭中，加上荷香，百食不厌。

　　泰国的螃蟹粉丝煲有异曲同工的效果。吃起来，粉丝比蟹肉更美味。煲完，轮到炆了。很奇怪，苦瓜和螃蟹配合得极佳。一般的粤菜馆喜欢加很厚的芡，看了就讨厌。而且他们有时竟将苦瓜煮过再去和炸煮的螃蟹炆，苦瓜软得溶化看不见，蟹炸得无味，更是大忌。烧这道菜的功夫在于苦瓜和螃蟹一起炒，再拿去炆。苦瓜选厚身的，才不那么容易炆烂。

　　炆完，轮到焗。蟹斩件，加鸡蛋、肥猪肉、芫荽、葱和陈皮一块放入钵内，蒸个八成熟，再用烈火将外层烧到略焦，是东莞的名菜。洋人只会做焗蟹壳，把肉拆了，混粉，装入蟹壳中焗出或油炸，已认为是烹调螃蟹的大变化。这道菜又被二三流厨子滥做，当今见到，怕怕。

谈到炸，是一门很高深的学问。什么叫作炸？是单纯地把食物由生变熟罢了，不能留下油腻。全个日本也只有几家人的天妇罗炸得像样，绝对不是美国人的炸薯仔条那么简单。把螃蟹炸得出色的，是潮州人的蟹枣，以马蹄和蟹肉当馅，猪网油包之，然后再炸。当今的皮改为腐皮，油为植物的，粉多肉少，已不是食物，沦为饲料了。

螃蟹一瘦，就变成水蟹了，这时用来煲粥，加上白果、腐竹、陈皮和瑶柱更佳。但是最重要的是用海蟹而不是淡水蟹，把野生海水青蟹养个几天，让它更瘦更干净，活着入煲煮之，有点残忍，但给会欣赏的人吃了，生命也有个交代。

凡是用蟹来煮的汤都很鲜甜，马赛的布耶佩斯也有螃蟹，螃蟹煮水瓜加点冬菜，也是一绝。

数螃蟹的种类，天下有五千种。铜板大的泽蟹，在居酒屋中炸来整只细嚼，有阵蟹味，聊胜于无。最大的是阿拉斯加蟹，只吃蟹脚，蒸熟后放在炭上烤，让蟹壳的味道熏入肉中，更上一层楼。

【蟹粥】

白果

陈皮

腐竹

瑶柱

我自己最拿手的，是从渔家学到的吃法，最简单不过：弄个铁镬，烧红，蟹壳朝下放入，撒大量粗盐到盖住整只螃蟹为止，猛火焗之。闻蟹香，即可起镬，盐在壳外，肉不会太咸，鲜美无比。

另一个方法在印度果阿学到，把蟹肉拆开，加咖喱粉和辣椒、椰浆煮成肉酱，醒胃刺激。

避风塘炒蟹是从"喜记"老板廖喜兄学的，以豆豉为主，蒜蓉次之，配以野生椒干和新鲜指天椒，功力只有廖喜的十分之一。但是我的胡椒蟹可和他匹敌，最重要的是不先油炸，用牛油把螃蟹由生炒至熟，加大量的粗磨黑胡椒炒成。

最受友人欢迎的还是我做的普通的蒸螃蟹，将蟹洗净斩件，放在碟上，蒸个几分钟，看蟹有多肥瘦而定，全靠经验，教不得人，失败数次就成功。秘诀在于蒸好之后淋上几滴刚炸好的猪油。啊，谈来谈去又是猪油。我怎能吃素？做不了和尚也。

# 说扬州

· 朱自清

在第十期上看到曹聚仁先生的《闲话扬州》，比那本出名的书有味多了。不过那本书将扬州说得太坏，曹先生又未免说得太好；也不是说得太好，他没有去过那里，所说的只是从诗赋中，历史上得来的印象。这些自然也是扬州的一面，不过已然过去，现在的扬州却不能再给我们那种美梦。

自己从七岁到扬州，一住十三年，才出来念书。家里是客籍，父亲又是在外省当差事的时候多，所以与当地贤豪长者并无来往。他们的雅事，如访胜，吟诗，赌酒，书画名家，烹调佳味，我那时全没有份，也全不在行。因此虽住了那么多年，并不能做扬州通，是很遗憾的。记得的只是光复的时候，父亲正病着，让一个高等流氓凭了军政府的名字，敲了一竹杠；还有，在中学的几年里，眼见所谓"甩子团"横行无忌。"甩子"是扬州方言，有时候指那些"怯"的人，有时候指那些满不在乎的人。"甩子团"不用说是后一类；他们多数是绅宦家子弟，仗着家里或者"帮"里的势力，在各公共场所闹标劲，如看戏不买票，起哄等等，也有包揽词讼，调戏妇女的。更可怪的，大乡绅的仆人可以指挥警察区区长，可以大模大样招摇过市——这都是民国五六年的事，并非前清君主专制时代。自己当时血气方刚，看了一肚子气；可是人微言轻，也只好让那口气憋着罢了。

从前扬州是个大地方，如曹先生那文所说；现在盐务不行了，简直就算个没"落儿"的小城。

可是一般人还忘其所以地要气派，自以为美，几乎不知天多高地多厚。这真是所谓"夜郎自大"了。扬州人有"扬虚子"的名字；这个"虚子"有两种意思，一是大惊小怪，二是以少报多，总而言之，不离乎虚张声势的毛病。他们还有个"扬盘"的名字，譬如东西买贵了，人家可以笑话你是"扬盘"；又如店家价钱要得太贵，你可以诘问他，"把我当扬盘看么？"盘是捧出来给别人看的，正好形容要气派的扬州人。又有所谓"商派"，讥笑那些仿效盐商的奢侈生活的人，那更是气派中之气派

香叶　　　　　　陈皮

草果　　　　　　山柰　　　　　　冰糖

八角　　　　　　豆蔻　　　　　　桂皮

了。但是这里只就一般情形说，刻苦诚笃的君子自然也有；我所敬爱的朋友中，便不缺乏扬州人。

提起扬州这地名，许多人想到的是出女人的地方。但是我长到那么大，从来不曾在街上见过一个出色的女人，也许那时女人还少出街吧？不过从前人所谓"出女人"，实在指姨太太与妓女而言；那个"出"字就和出羊毛，出苹果的"出"字一样。《陶庵梦忆》里有"扬州瘦马"一节，就记的这类事；但是我毫无所知。不过纳妾与狎妓的风气渐渐衰了，"出女人"那句话怕迟早会失掉意义的吧。

另有许多人想，扬州是吃得好的地方。这个保你没错儿。北平寻常提到江苏菜，总想着是甜甜的腻腻的。现在有了淮扬菜，才知道江苏菜也有不甜的；但还以为油重，和山东菜的清淡不同。其实真正油重的是镇江菜，上桌子常叫你腻得无可奈何。扬州菜若是让盐商家的厨子做起来，虽不到山东菜的清淡，却也滋润，利落，决不腻嘴腻舌。不但味道鲜美，颜色也清丽悦目。扬州又以面馆著名。好在汤味醇美，是所谓白汤，由种种出汤的东西如鸡鸭鱼肉等熬成，好在它的厚，和啖熊掌一般。也有清汤，就是一味鸡汤，倒并不出奇。内行的人吃面要"大煮"；普通将面挑在碗里，浇上汤，"大煮"是将面在汤里煮一会，更能入味些。

扬州最著名的是茶馆；早上去下午去都是满满的。吃的花样最多。坐定了沏上茶，便有卖零碎的来兜揽，手臂上挽着一个黯淡的柳条筐，筐子里摆满了一些小蒲包分放着瓜子花生炒盐豆之类。又有炒白果的，在担子上铁锅爆着白果，一片铲子的声音。得先告诉他，才给你炒。炒得壳子爆了，露出黄亮的仁儿，铲在铁丝罩里送过来，又热又香。还有卖五香牛肉的，让他抓一些，摊在干荷叶上；叫茶房拿点好麻酱油来，拌上慢慢地吃，也可向卖零碎的买些白酒——扬州普遍都喝白酒——喝着。这才叫茶房烫干丝。北平现在吃干丝，都是所谓煮干丝；那是很浓的，当菜很好，当点心却未必合适。烫干丝先将一大块方的白豆腐干飞快地切成薄片，再切为细丝，放在小碗里，用开水一浇，干丝便熟了；逼去了水，抟成圆锥似的，再倒上麻酱油，搁一撮虾米和干笋丝在尖儿，就成。说时迟，那时快，刚瞧着在切豆腐干，一眨眼已端来了。烫干丝就是清得好，不妨碍你吃别的。接着该要小笼点心。北平淮扬馆子卖的汤包，诚哉是好，在扬州却少见；那实在是淮阴的名字，扬州不该掠美。扬州的小笼点心，肉馅儿的，蟹肉馅儿的，笋肉馅儿的且不用说，最可口的是菜包子菜烧卖，还有干菜包子。菜选那最嫩的，剁成泥，加一点儿糖一点儿油，蒸得白生生的，热腾腾的，到口轻松地化去，留下一丝儿余味。干菜也是切碎，也是加一点

人生大事　吃喝二字

儿糖和油，燥湿恰到好处；细细地咬嚼，可以嚼出一点橄榄般的回味来。这么着每样吃点儿也并不太多。要是有饭局，还尽可以从容地去。但是要老资格的茶客才能这样有分寸；偶尔上一回茶馆的本地人外地人，却总忍不住狼吞虎咽，到了儿捧着肚子走出。

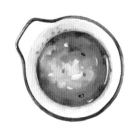

〔酱牛肉〕

［包子］

　　扬州游览以水为主，以船为主，已另有文记过，此处从略。城里城外古迹很多，如"文选楼""天保城""雷塘""二十四桥"等，却很少人留意；大家常去的只是史可法的"梅花岭"罢了。倘若有相当的假期，邀上两三个人去寻幽访古倒有意思；自然，得带点花生米，五香牛肉，白酒。

　　人生大事　吃喝二字

# 虾饺

蔡澜

　　烧卖从北方传下，虾饺可应该是南粤独有的了，何世晃在他的诗中形容："倒扇罗帏蝉透衣，嫣红浅笑半含痴。细啖顿感流香液，不枉岭南独一枝。"

　　如果查出处，虾饺为十九世纪末二十世纪初在广州五凤村的村民首创，五凤村是河涌交错处，有很多鱼虾，当地人把最新鲜的虾剥壳后包上米粉皮，做出洁白清爽的虾饺来。

　　用的应当是河虾，最为鲜美，这点上海人早已知道。当今茶楼中加的虾饺馅以海虾代替，而且不懂得选小尾的，包出又肿又大的虾饺，一看就倒胃。

　　好的虾饺大小像核桃，形状如弯梳，故有"倒扇"之称，至于有多少折叠，那并不重要。最要紧

【虾饺】

的是皮薄，一厚，也令人反感，不透明，颜色混浊，更是致命伤，看见了不吃也罢。

皮的制作，说起来像一匹布那么长，先要把生粉过筛，加盐后放入不锈钢或铁盘之类易传热的容器，加一百摄氏度的沸水，迅速用棍棒搅匀，粉团有专用名词，叫澄面。

澄面加猪油搓揉，这很重要，不管你怕不怕胆固醇，也得用。加植物油的话，香味尽失，不如去吃叉烧包。

取一小团澄面，用中国厨刀的背一压一搓，薄皮即成，这种手法，练习多次后一定学得会。

馅的制法是将河虾洗净，干布吸水，平刀压烂，加上在水里煲一煲的红萝卜丝和贡菜丝，一起打成胶，再放猪油搅拌，放入冰箱冷冻，待馅的油脂凝固，便可包虾饺了。

秘诀在于做澄面时，滚水的分量一定要算准，否则太稠时中途加水，就失败了，而容器用易传热的，可利用余温把澄面焗熟。

蒸多久？要看你的炉大小，一般，水滚后放入蒸笼中，三分钟即熟。练习数次，便能掌握。请记住，做虾饺等点心全靠用心，动手一做，便会发现简单得很。

# 食味杂记

· 王鲁彦

如其他的宁波人一般，我们家里每当十一二月间也要做一石左右米的点心，磨几斗糯米的汤果。所谓点心，就是有些地方的年糕，不过在我们那里还包括着形式略异的薄饼厚饼，元宝，等等。汤果则和汤团（有些地方叫作元宵团）完全是一类的东西，所差的是汤果只如钮子那样大小而且没有馅子。点心和汤果做成后，我们几乎天天要煮着当饭吃。我们一家人都非常地喜欢这两种东西，正如其他的宁波人一般。

母亲姐姐妹妹和我都喜欢吃咸的东西。我们总是用菜煮点心和汤果。但父亲的口味恰和我们的相反，他喜欢吃甜的东西。我们每年盼望父亲回家过年，只是要煮点心和汤果吃时，父亲若在家里便有点为难了。父亲吃咸的东西正如我们吃甜的东西一般，一样的咽不下去。我们两方面都难以迁就。母

　人生大事　吃喝二字

亲是最要省钱的，到了这时也只有甜的和咸的各煮一锅。照普遍的宁波人的俗例，正月初一必须吃一天甜汤果。因此欢天喜地的元旦在我们是一个磨难的日子，我们常常私自谈起，都有点怪祖宗不该创下这种规例。腻滑滑的甜汤果，我们勉强而又勉强地还吃不下一碗，父亲却能吃三四碗。我们对于父亲的嗜好都觉得奇怪、神秘。"甜的东西是没有一点味的。"我每每对父亲说。

二十几年来，我不仅不喜欢吃甜的东西，而且看见甜的（糖却是例外）还害怕，而至于厌憎。去年珊妹给我的信中有一句"蜜饯一般甜的……"竟忽然引起了我的趣味，觉得甜的滋味中还有令人魂飞的诗意，不能不去探索一下。因此遇到甜的东西，每每捐除了成见，带着几分好奇心情去尝试。直到现在，我的舌头仿佛和以前不同了。它并不觉得甜的没有味，在甜的和咸的东西在面前时，它都要吃一点。"甜的东西是没有一点味的。"这句话我现在不说了。

从前在家里，梅还没有成熟的时候，母亲是不许我去买来吃的，因为太酸了。但明买不能，偷买却还做得到。我非常爱吃酸的东西，我觉得梅熟了反而没有味，梅的美味即在未成熟的时候。故乡的杨梅甜中带酸，在果类中算最美味的，我每每吃得牙齿不能吃饭。大概就是因为吃酸的果品吃惯了，近几年来在吃饭的时候，总是想把任何菜浸在醋中吃。有一年在南京，几乎每餐要一二碗醋。不仅浸菜吃，竟喝着下饭了。朋友们都有点惊骇，他们觉得这是一种古怪的嗜好，仿佛背后有神的力一般。但这在我是再平常也没有的事情了。醋是一种美味的东西，绝不是使人害怕的东西，在我觉得。

许多人以为浙江人都不会吃辣椒，这却不对。据我所知，三江一带的地方，出辣椒的很多，会吃辣椒的人也很多。至于宁波，确是不大容易得到辣椒，宁波人除了少数在外地久住的人外，差不多都不会吃辣椒。辣椒在我们那边的乡间只是一种玩赏品。人家多把它种在小小的花盆里，和鸡冠花、满堂红之类排列在一处，欣赏辣椒由青色变成红色。那里的种类很少，大一点的非常不易得到，普通多是一种圆形的像钮子般大小的所谓钮子辣茄（宁波人喊辣椒为辣茄），但这一种也还并不多见。我年幼时不晓得辣椒是可以吃的东西，只晓得它很辣，除了玩赏之外还可以欺侮新娘子或新女婿。谁家的花轿进了门，常常便有许多孩子拿了羊尾巴或辣椒伸手到轿内去，往新娘子的嘴上抹。新女婿第一次到岳家时，年青的男女常常串通了厨子，暗地里在他的饭内拌一点辣椒，看他辣得皱上眉毛，张着口，胥胥地响着，大家就哄然笑了起来。我自在北方吃惯了辣椒，去年回到家里要一点吃吃便感到非常的苦恼。好容易从城里买了一篮（据说城里有辣椒卖还是最近几年的事），味道却如青菜一般一点也不辣。邻居听说我能吃辣椒，都当作一种新闻传说。平常一提到我，总要连带地提到辣椒。他们似乎把我当作一个外人看待。他们看见我吃辣椒，便要发笑。我从他们眼光中发觉到他们的脑中存着"他是夷狄之邦的人"的意思。

南方人到北方来最怕的是北方人口中的大蒜臭。然而这臭在北方人却是一种极可爱的香气。在南方人闻了要呕，在北方人闻了大概比仁丹还能提神。我以前在北京好几处看见有人在吃茶时从衣袋里摸出一包生大蒜头，也同别人一样的奇怪，一样的害怕。但后来吃了几次，觉得这味道实在比辣椒好得多，吃了大蒜以后还有一种后味和香气久久的留在口中。今年端午节吃粽子，甚至用它拌着吃了。"大蒜是臭的"这句话，从此离开了我的嘴巴。

宁波人腌菜和湖南人不同。湖南人多是把菜晒干了切碎，装入坛里，用草和篾片塞住了坛口，把坛倒竖在一只盛少许清水的小缸里。这样，空气不易进去，坛中的菜放一年两年也不易腐败，只要你常常调换小缸里的清水。宁波人腌菜多是把菜洗净，塞入坛内，撒上盐，倒入水，让它浸着。这样做法，在一礼拜至两月中咸菜的味道确是极其鲜嫩，但日子久了，它就要慢慢地腐败，腐败得臭不堪闻，而至于坛中拥浮着无数的虫。然而宁波人到了这时不但不肯弃掉，反而比才腌的更喜欢吃了。有许多乡下人家的陈咸菜一直吃到新咸菜可吃时还有。这原因除了节钱之外，还有一个原因是为的越臭越好吃。还有一种为宁波人所最喜欢吃的是所谓"臭苋菜股"。这是用苋菜的干腌菜似的做成的。它的腐败比咸菜容易，其臭气也比咸菜来得厉害。他们常常把这种已臭的汤倒一点到未臭的咸菜里去，使这未臭的咸菜也赶快地臭起来。有时煮什么菜，他们也加上一两碗臭汤。有的人闻到了邻居的臭汤气，心里就非常地神往；若是在谁家讨得了一碗，便千谢万谢，如得到了宝贝一般。我在北方住久了，不常吃鱼，去年回到家里一闻到鱼的腥气就要呕吐，唯几年没有吃臭咸菜和臭苋菜股，见了却还一如从前那么地喜欢。在我觉得这种臭气中分明有比芝兰还香的气息，有比肥肉鲜鱼还美的味道。然而和外省人谈话中偶尔提及，他们就要掩鼻而走了，仿佛这臭食物不是人类所该吃的一般。

# 闲话荔枝

周瘦鹃

古今来文人墨客，对于果品中的荔枝，都给与最高的评价。诗词文章，纷纷歌颂，比之为花中的牡丹。牡丹既被称为花王，那么荔枝该尊为果王了。唐代白乐天《荔枝图序》有云："荔枝生巴峡间，树形团团如帷盖。叶如桂，冬青；花如橘，春荣；实如丹，夏熟。朵如葡萄，核如枇杷，壳如红缯，膜如紫绡，瓤肉莹白如冰雪，浆液甘酸如醴酪。大略如彼，其实过之。若离本枝，一日而色变，二日而香变，三日而味变，四五日外，色香味尽去矣。"这一段话，已说明了荔枝的一切，真的明白如画。

荔枝不只产于巴蜀，闽、粤两省也有大量的生产。它又名离枝、丹荔，而最特别的，却又叫作钉坐真人。树身高达数丈，粗可合抱，较小的直径尺许，农历二三月间开花，五六月间成熟。宋神宗

【荔枝】

诗因有"五月荔枝天"之句。据古代《荔枝谱》中
所载，种类繁多，有陈紫、周家红、一品红、钗头
颗、十八娘、丁香、红绣鞋、满林香、绿衣郎等数
十种，大多是闽产，不知现在还有几种？至于粤中
所产，则现有三月红、玉荷包、黑叶、桂味、糯米
糍等，都是我们所吃到的。至于命名最艳的，有
妃子笑一种；产量最少的，有增城的挂绿一种。

闽产的荔枝中，有一种名十八娘，果型细长，
色作深红，闽人比作少女。俗传闽中王氏有弱妹
十八娘，一说是女儿行十八，喜吃这一种荔枝，因
此得名。又有一说：闽中凡称物之美而少的，为
十八娘，就足见这是美而少的名种了。明代黄履

康作《十八娘传》，他说："十八娘者，开元帝侍儿也，姓支名绛玉，字曰丽华，行十八。"文人狡狯，借此弄巧，竟把珍果当作美人般给它作传。宋代蔡君谟作《荔枝谱》，称之为绛衣仙子，那更比之为仙子了。诗中咏及的，如元代柳应芳云："白玉明肌裹绛囊，中含仙露压琼浆。城南多少青丝笼，竞取王家十八娘。"明代邱惟直诗云："棣萼楼头风露凉，闽娘清晓竞红妆。朱唇玉齿桃花脸，遍著天孙云锦裳。"词如苏东坡《减字木兰花·荔枝》云："闽溪珍献，过海云帆来似箭。玉座金盘，不贡奇葩四百年。轻红酽白，雅称佳人纤手擘。骨细肌香，恰是当年十八娘。"十八娘之为荔枝珍品，于此可见，但不知现在闽中仍有之否？

广州有荔枝湾，是珠江的一湾，夹岸都是荔枝树，绿阴丹荔，蔚为大观。据说这里本是南汉昌华旧苑，有人咏之以诗，曾有"寥落故宫三十六，夕阳明灭荔枝红"之句。清代陶稚云《珠江词》，都咏珠江艳事，中有一首："青青杨柳被郎攀，一叶兰舟日往还。知道荔枝郎爱食，妾家移住荔枝湾。"从前，每年初夏荔枝熟时，荔枝湾游艇云集，都是为了吃荔枝去的。

# 谈酒

·周作人

这个年头儿，喝酒倒是很有意思的。我虽是京兆人，却生长在东南的海边，是出产酒的有名地方。我的舅父和姑父家里时常做几缸自用的酒，但我终于不知道酒是怎么做法，只觉得所用的大约是糯米，因为儿歌里说，"老酒糯米做，吃得变nionio"——末一字是本地叫猪的俗语。做酒的方法与器具似乎都很简单，只有煮的时候的手法极不容易，非有经验的工人不办，平常做酒的人家大抵聘请一个人来，俗称"酒头工"，以自己不能喝酒者为最上，叫他专管鉴定煮酒的时节。有一个远房亲戚，我们叫他"七斤公公"——他是我舅父的族叔，但是在他家里做短工，所以舅母只叫他作"七斤老"，有时也听见她叫"老七斤"，是这样的酒头工，每年去帮人家做酒；他喜吸旱烟，说玩话，打马将，但是不大喝酒（海边的人喝一两碗是不算能喝，照市价计算也不值十文钱的酒），所以生意很好，时常跑一二百里路被招到诸暨嵊县去。据他说这实在并不难，只需走到缸边屈着身听，听见里边起泡的声音切切察察的，好像是螃蟹吐沫（儿童称为蟹煮饭）的样子，便拿来煮就得了；早一点酒还未成，迟一点酒就变酸了。但是怎么是恰好的时期，别人仍不能知道，只有听熟的耳朵才能够断定，正如骨董<sup>①</sup>家的眼睛辨别古物一样。

大人家饮酒多用酒钟，以表示其斯文，实在是不对的。正当的喝法是用一种酒碗，浅而大，底有高足，可以说是古已有之的香槟杯。平常起码总是两碗，合一"串筒"，价值似是六文一碗。串筒略如倒写的凸字，上下部如一与三之比，以洋铁为之，无盖无嘴，可倒而不可筛，据好酒家说酒以倒为正宗，筛出来的不大好吃。唯酒保好于量酒之前先"荡"（置水于器内，摇荡而洗涤之谓）串筒，荡后往往将清水之一部分留在筒内，客嫌酒淡，常起争执，故喝酒老手必先戒堂倌以勿荡串筒，并监视其量好放在温酒架上。能饮者多索竹叶青，通称曰"本色"，"元红"系状元红之略，则着色者，唯

---

外行人喜饮之。在外省有所谓花雕者，唯本地酒店中却没有这样东西。相传昔时人家生女，则酿酒贮花雕（一种有花纹的酒坛）中，至女儿出嫁时用以饷客，但此风今已不存，嫁女时偶用花雕，也只临时买元红充数，饮者不以为珍品。有些喝酒的人预备家酿，却有极好的，每年做醇酒若干坛，按次第埋园中，二十年后掘取，即每岁皆得饮二十年陈的老酒了。此种陈酒例不发售，故无处可买，我只有一回在旧日业师家里喝过这样好酒，至今还不曾忘记。

我既是酒乡的一个土著，又这样的喜欢谈酒，好像一定是个与"三酉"结不解缘的酒徒了。其实却大不然。我的父亲是很能喝酒的，我不知道他可以喝多少，只记得他每晚用花生米、水果等下酒，且喝且谈天，至少要花费两点钟，恐怕所喝的酒一定很不少了。但我却是不肖，不，或者可以说有志未逮，因为我很喜欢喝酒而不会喝，所以每逢酒宴我总是第一个醉与脸红的。自从辛酉患病后，医生叫我喝酒以代药饵，定量是勃阑地①每回二十格阑

---

① 即白兰地。

姆，蒲陶酒与老酒等倍之，六年以后酒量一点没有进步，到现在只要喝下一百格阑姆的花雕，便立刻变成关夫子了（以前大家笑谈称作"赤化"，此刻自然应当谨慎，虽然是说笑话）。有些有不醉之量的，愈饮愈是脸白的朋友，我觉得非常可以欣羡，只可惜他们愈能喝酒便愈不肯喝酒，好像是美人之不肯显示她的颜色，这实在是太不应该了。

黄酒比较的便宜一点，所以觉得时常可以买喝，其实别的酒也未尝不好。白干于我未免过凶一点，我喝了常怕口腔内要起泡，山西的汾酒与北京的莲花白虽然可喝少许，也总觉得不很和善。日本

〔莲花白〕

的清酒我颇喜欢，只是仿佛新酒模样，味道不很静定。蒲陶酒①与橙皮酒都很可口，但我以为最好的还是勃阑地。我觉得西洋人不很能够了解茶的趣味，至于酒则很有功夫，决不下于中国。天天喝洋酒当然是一个大的漏卮，正如吸烟卷一般，但不必一定进国货党，咬定牙根要抽净丝，随便喝一点什么酒其实都是无所不可的，至少是我个人这样的想。

喝酒的趣味在什么地方？这个我恐怕有点说不明白。有人说，酒的乐趣是在醉后的陶然的境界。但我不很了解这个境界是怎样的，因为我自饮酒以来似乎不大陶然过，不知怎的我的醉大抵都只是生理的，而不是精神的陶醉。所以照我说来，酒的趣味只是在饮的时候，我想悦乐大抵在做的这一刹那，倘若说是陶然，那也当是杯在口的一刻罢。醉了，困倦了，或者应当休息一会儿，也是很安舒的，却未必能说酒的真趣是在此间。昏迷，梦魇，呓语，或是忘却现世忧患之一法门；其实这也是有限的，倒还不如把宇宙性命都投在一口美酒里的耽

---

① 即葡萄酒。

溺之力还要强大。我喝着酒，一面也怀着"杞天之虑"，生恐强硬的礼教反动之后将引起颓废的风气，结果是借醇酒妇人以避礼教的迫害，沙宁（Sanin）时代的出现不是不可能的。但是，或者在中国什么运动都未必彻底成功，青年的反拨力也未必怎么强盛，那么杞天终于只是杞天，仍旧能够让我们喝一口非耽溺的酒也未可知。倘若如此，那时喝酒又一定另外觉得很有意思了罢？

好吃的小贩食物一件件消失。你去找，还是有的，但是，却是有其形而无其味，吃什么都是一口像发泡胶的东西，加上一口味精水。

因为大家不要求；没有了要求，就没有供应，美食是绝对存在不下去的，剩下的只是浮华的鲍参肚翅，这些食材，也慢慢地被吃到绝种。

你会吃，你去提倡呀，你去保留呀，友人说。没有用的，大趋势，扭转不过来。外国人有句话，打不过，就去参加他们吧，我看今后，也只有往快餐这条路去走了。

但是，尽管有糊口求生的，也有可以吃得优雅的。

我还是对年轻人充满希望，我相信他们其中，一定有人对自己有要求，对生活有要求，不必跟随别人怎么走。

先得提高自己的独立思想，管别人会不会吃，自己会吃就是了。但是，鲥鱼、黄鱼等已经一种种绝灭，那也不要紧，就像我在印度的山上，一个老太婆每天煮鸡给我吃，我吃厌了，问她说，"有没有鱼？"她说，"没有，鱼是什么？""啊，你不知道鱼是什么，我画一条给你看看。"老太婆看了，说，"啊，这就是鱼？样子好怪。"

我骄傲地说："你没有吃过鱼，好可惜呀！"

"我没有吃过，又有什么可惜呢？"老太婆回答。

是的，年轻人说，"我没有吃过鲥鱼，我没有吃过黄鱼，又有什么可惜呢？"

我在短短的几十年生涯中，已看到食材一种种消失，忽然之间，就完全地不见了，小时候吃的味道也一样，再也找不回来。

为什么？理由非常之简单，年轻人没有试过，不知道是怎么一回事，不见就不见，不是他们关心的事，只要有游戏机打，吃什么都不重要。

城市生活的富裕，令子女不必像父母那么拼命，他们对食物不担忧，也不必考虑有没有地方住，反正爸妈会留下来，干什么那么辛苦？

连街边小贩的生活也逐渐改变，有了储蓄，就想到退休，说实在的，每天干活，一天十几个小时，脚也发生毛病，忽然有一批新移民涌了进来，他们也要找点事做，啊，就把摊子卖给他们吧！

你卖给我，我不会做呀！容易，煮煮面罢了，又不是什么新科技，你不会做，我教你好了，三天就学会，不相信你试试看。

试了，果然懂得怎么做。真聪明，我早就告诉你很容易嘛，你自己学会了，可以自己去赚钱。

基本的东西是不会绝灭的，一碗好的白米饭，一碗拉得好的面，总在那里。

今后的食物，只会越来越简单，但是，我们总得要求吃得好，吃得精。什么地方的菜最好，什么地方的面最好，一种种去追求，一种种去比较，一比较就知道什么地方的最好。

满汉全席已经消失，西方帝皇式的盛宴也不会再存在，大家都往简单的和方便的路去走，也许今后会有人将之重现，但不吃已久，也不知道怎么去欣赏了，年轻人的味觉正在退化，但是我希望年轻人对生活的热情不会消失。

回到基本吧，一碗白饭，淋上香喷喷的猪油，是多么美味！什么？猪油，一听到已经吓破了胆！

但是，医学上、科学上，都已证明猪油比植物油健康了呀，怕什么呢？你们怕，是因为你们没有洗过碗，一洗碗就知道了，猪油的一冲热水就干干净净，植物油的，洗破了手皮，也是油腻腻的。

已经用洗碗机了，有些人这么骂我。但我说的是一种精神，猪油是好吃的，猪油是香的，像我早已说过几十次、几万遍一样。

也像我说的，鲑鱼刺身别去吃，有虫的，大家不相信，现在吃出了毛病，又怪谁呢？

我们年纪大了，吃的东西越来越简单，所以有变成"主食控"这个讲法，其后，年轻人也是主食控，不过他们的主食变成火锅而已。

【猪油饭】

穷凶极恶地吃，这个年代总会过去的，花无百日红，经济也不会一直好下去，总有衰弱的日子会来到，等到这么一天，大家都得逼自己去吃简单的白米饭，去吃一碗面条。在这种时候没有来到之前，我们做好准备吧，至少，心理上，我们要学会节制了。

简单之余，要求精。炊饭的时间得控制得准；米饭一粒粒煮得亮晶晶的；面条要有弹力，要有面的味道。

吃，是一种生活态度，一种热情，其他的可以消失，但是热情不可以消失。

# 满汉细点

· 梁实秋

北平的点心店叫作"饽饽铺"。都有一座细木雕花的门脸儿，吊着几个木牌，上面写着"满汉细点"什么的。可是饽饽都藏在里面几个大盒子、大柜子里，并不展示在外，而且也没有什么货品价格表之类的东西。进得铺内，只觉得干干净净，空空洞洞，香味扑鼻。

满汉细点，究竟何者为"满"、何者为"汉"，现已分辨不清。至少从名称看来，"萨其马"该是满洲点心。我请教过满洲旗人，据告萨其马是满文的蜜甜之意，我想大概是的。这东西是油炸黄米面条，像蜜供似的，但是很细很细，加上蜜拌匀，压成扁扁的一大块，上面撒上白糖和染红了的白糖，再加上一层青丝红丝，然后切成方形的块块。很甜，很软和，很好吃。如今全国各处无不制售萨其马，块头太大太厚，面条太粗太硬，蜜太少，名存实亡，全不对劲。

"蜂糕"也是北平特产，有黄白两种，味道是一样的。是用糯米粉调制蒸成，呈微细蜂窝状，故名。质极松软，微黏，与甜面包大异其趣。内羼少许核桃仁，外裹以薄薄的豆腐皮以防粘着蒸器。蒸热再吃尤妙，最宜病后。

　　花糕、月饼是秋季应时食品。北方的"翻毛月饼"，并不优于江南的月饼，更与广式月饼不能相比，不过其中有一种山楂馅的翻毛月饼，薄薄的、小小的，我认为风味很好，别处所无。大抵月饼不宜过甜，不宜太厚，山楂馅带有酸味，故不觉

【萨其马】

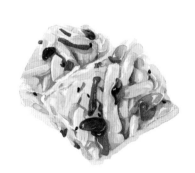

其腻。至于花糕，则是北平独有之美点，在秋季始有发售，有粗细两品，有荤素两味。主要的是两片枣泥馅的饼，用模子制成，两片之间夹列胡桃、红枣、松子、缩葡之类的干果，上面盖一个红戳子，贴几片芫荽叶。清李静山《都门汇纂》里有这样一首"竹枝词"：

> 中秋才过近重阳，又见花糕各处忙。
>
> 面夹双层多枣栗，当筵题句傲刘郎。

一般饽饽铺服务周到。我家小园有一架紫藤，花开累累，满树满枝，乃摘少许，洗净，送交饽饽铺代制藤萝饼，鲜花新制，味自不同。又红玫瑰初放（西洋品种肥大而艳，但少香气），亦常摘取花瓣，送交肆中代制玫瑰饼，气味浓馥，不比寻常。

说良心话，北平饼饵除上述几种之外很少有令人怀念的。有人艳称北平的"大八件""小八件"，实在令人难以苟同。所谓"大八件"无非是油糕、蓼花、大自来红、自来白等，"小八件"不外是鸡油饼、卷酥、绿豆糕、槽糕之类。自来红、自来白乃是中秋上供的月饼，馅子里面有些冰糖，硬邦邦的，大概只宜于给兔爷儿吃。蓼花甜死人！绿豆糕

【绿豆糕】

噎死人！"大八件""小八件"如果装在盒子里，那盒子也吓人，活像一口小棺材，而木板尚未刨光。若是打个蒲包，就好看得多。

有所谓"缸捞"者，有人写作"干酪"，我不知究竟怎样写法。是圆饼子，中央微凸，边微薄，无馅，上面常撒上几许桂花，故称"桂花缸捞"。探视产后妇人，常携此为馈赠。此物松软合度，味道颇佳，我一向喜欢吃，后来听一位在外乡开点心铺的亲戚说，此物乃是聚集簸箩里的各种饽饽碎渣加水揉和再行烘制而成。然物美价廉不失为一种好的食品。"薄脆"也不错，又薄又脆，都算是平民食物。

"茯苓饼"其实没有什么好吃，沾光"茯苓"二字。《淮南子》："千年之松，下有茯苓。"茯苓是一种地下菌，生在山林中松根之下。李时珍说："盖松之神，灵之气，伏结而成。"无端给它加上神灵色彩，于是乃入药，大概吃了许有什么神奇之效。北平前门大街正明斋所制茯苓饼最负盛名，从前北人南游常携此物馈赠亲友。直到如今，有人从北平出来还带一盒茯苓饼给我，早已脆碎坚硬不堪入口。即使是新鲜的，也不过是飞薄的两片米粉糊烘成的饼，夹以黑乎乎的一些碎糖黑渣而已。

满洲饽饽还有一品叫作"桌张"，俗称"饽饽桌子"，是丧事人家常用的祭礼。半生不熟的白面饼子，稍加一些糖，堆积起来一层层的有好几尺高，放在灵前供台上的两旁。凡是本家姑奶奶之类的亲属没有不送饽饽桌子的。可壮观瞻，不堪食用。丧事过后，弃之可惜，照例分送亲友以及佣人小孩。我小时候遇见几次丧事，分到过十个八个这样的饽饽。童子无知，称之为"死人饽饽"，放在火炉口边烤熟，啃起来也还不错，比根本没有东西吃好一些。清人得硕亭《竹枝词·草珠一串》有一首咏其事：

满洲糕点样原繁，踵事增华不可言。
唯有桌张遗旧制，几同告朔饩羊存。

岁月悠然

布衣饭菜

贰

我的故乡不止一个，

凡我住过的地方都是故乡。

# 路上的吃食

·周作人

　　从前大凡旅行，路上的吃食概归自备，家里如有人出外，几天之前就得准备"路菜"。最重要的是所谓"汤料"，这都用好吃的东西配合而成，如香菇、虾米，玉堂菜就是京冬菜，还有一种叫作"麻雀脚"的，乃是淡竹笋上嫩枝的笋干，晒干了好像鸟爪似的。它的用处是用开水冲汤，此外当然还有火腿家乡肉，这是特制的一种腌肉，酱鸡腊鸭之类，是足够丰美的。后来上海有了陆稿荐、紫阳观，有肉松熏鱼，及各种小菜可买，那就可以不必那么预备了。

　　由杭州到上海的路上，船上供给旅客饭食，而且菜蔬也相当好。房舱二十个人一间，分作前后两截，上下两层床铺各占一人，饭时便五个一桌，第一天供应晚餐一顿，次日整天两顿，都在船价一元五角之内，这实在要算便宜的。沪宁道中船票也是一元五角，供应餐数大略相同，可是它只管三顿白饭，至于下饭的小菜，因为人数太多，也实在是照管不来了。这且不谈也罢，那轮船里茶房对客人的态度也比较差，譬如送饭来的时候，将装饭的大木桶在地上一放，大声喊道："来吃吧！"这句话意思是如此，可是口调还有不同，仿佛有古文里所谓"嗟，来食"之意，而且他用宁波话说，读作"来曲"，这自然更不好听了。不过那时候谁也计较不得这些，只等到"来曲"一声招呼，便蜂拥地奔过去，用了脸盆及各种合用的器具，尽量地盛饭，随后退回原处，静静地去享用。这是杭沪以及沪宁两条路上，不同的吃饭的情形。

路过各处码头，轮船必要停泊下来，上下客货，那时有各种商人携百货兜售，这也是很有趣味的事。不过所记得的大抵以食物为多，即如杭沪道上的糕团，实在顶不能忘记的了。这种糕团乃是一种湿点心，是用糯米或粳米粉蒸成，与用麦粉所做的馒头烧卖相对，似乎是南方特有的东西，我说南方还应修正，因为我在嘉兴和苏州看见过它，在南京便没有了，北京所谓饽饽，乃全是干点心而已。大概因为儿时吃惯了"炙糕担"上的东西，所以对于糕团觉得很有情分。鲁迅也是热爱糕团，因此在嘉兴曾闹过一个小小的笑话。他看见一种糕，块儿很不小，样子似乎很好吃，便问几钱一块，卖糕的答说，"半钱"。他闻之大为惊异，心想怎么这样的便宜，便再问一遍，结果仍是"半钱"。他于是拿了四块糕，付给他两文制钱，不料卖糕的大不答应，吵了起来。仔细一问，原来是说"八钱一块"，只因方言八半二音相近，以致造成这个误会，这也是很有意思的一件事。

此外在沪宁路上，觉得特别记得的，是在镇江码头停泊的时节，大约是以"下水"便是船向着长江下游走的时候居多，总在夜晚，而且因为货多，所以停船的时间也就很长。那时便有一种行贩，曼声地说："晚米稀饭，阿要吃晚米稀饭。"说也奇怪，我没有一回吃过它，因此终于不知道这晚米稀饭是怎么一个味道，但想象它总不会得坏，而且也就永远地记住了它。怕得稀饭里会放进"迷子"这一类东西去，所以不敢去请教的么？这未必是为此，只是偶然失掉了这机会罢了。江湖上虽然尽多风险，但是长江上还没有像《水浒》上的山东道上一样，有这样的危难。可是后来有一年，我在礼拜天同伯升到城南去，在夫子庙得月台喝茶，遇着一位巡城的"总爷"。他穿着长衫马褂，头戴遮阳的大草帽，手里拿着一支藤条，虽是个老粗，却甚是健谈，与伯升很是说得来。据他说，骗子手里的迷药确是有的，他曾经抓住过这样的一个人，还从他问得配合迷药的药方。伯升没有请教他这个方子，想来他也未必肯告诉我们，那么何必去碰这个钉子。——而且或者他这番的话本来全是他编造的，拿来骗我们的也未可知呢。

# 饺子帖

肖复兴

## 一

又要过年了。又想起饺子。饺子，是过年的标配，是过年的主角，是过年的定海神针。不吃饺子，不算是过年。

五十三年前，我在北大荒，第一次在异乡过年，很想家。刚到那里不久，怎么能请下假来回北京？那时候，我在北大荒，弟弟在青海，姐姐在内蒙古，家里只剩下了父母两个孤苦伶仃的老人。天远地远，心里不得劲儿，又万般无奈。

没有想到，就在这一年年三十的黄昏，我的三个中学同学，一个拿着面粉，一个拿着肉馅，一个拿着韭菜（要知道，那时候粮食定量，肉要肉票，春节前的韭菜金贵得很呀），来到我家。他们和我的父母一起，包了一顿饺子。

面飞花，馅喷香，盖帘上码好的一圈圈饺子，围成一个漂亮的花环；下进滚沸的锅里，像一条条游动的小银鱼；蒸腾的热气，把我家小屋托浮起来，幻化成一幅别样的年画一般，定格在那个难忘的岁月里。

这大概是父亲和母亲一辈子过年吃的一顿最滋味别具的饺子了。

# 二

那一年的年三十，一场纷飞的大雪，把我困在北大荒的建三江。当时，我被抽调到兵团的六师师部宣传队，本想年三十下午赶回我所在的大兴岛二连，不耽误晚上的饺子就行。没有想到，大雪封门，刮起了漫天大烟泡，汽车的水箱都冻成冰坨了。

【饺子】

师部的食堂关了张，大师傅们早早回家过年了，连商店和小卖部都已经关门，别说年夜饭没有了，就是想买个罐头都不行，只好饿肚子了。

大烟泡从年三十刮到了年初一早晨，我一宿没有睡好觉，早早就冻醒了，偎在被窝里不肯起来，睁着眼或闭着眼，胡思乱想。

大约九十点钟，忽然听到咚咚的敲门声，然后是大声呼叫我的名字的声音。由于大烟泡刮得很凶，那声音被撕成了碎片，断断续续，像是在梦中，不那么真实。我非常奇怪，会是谁呢？这大雪天的！

满怀狐疑，我披上棉大衣，跑到门口，掀开厚厚的棉门帘，打开了门。吓了我一跳，站在门口的人，浑身厚厚的雪，简直就是个雪人。我根本没有认出他来。等他走进屋来，摘下大狗皮帽子，抖落下一身的雪，才看清，是我们大兴岛二连的木匠赵温。天呀，他是怎么来的？这么冷的天，这么大的雪，莫非他是从天而降不成？

我肯定是瞪大了一双惊奇的眼睛，瞪得他笑了，对我说：赶紧拿个盆来！我这才发现，他带来

人生大事　吃喝二字

了一个大饭盒，打开一看，是饺子，个个冻成了邦邦硬的坨坨。他笑着说道：过七星河的时候，雪滑，跌了一跤，饭盒撒了，捡了半天，饺子还是少了好多，都掉进雪坑里了。凑合着吃吧！

我立刻愣在那儿，望着一堆饺子，半天没说出话来。我知道，他是见我年三十没有回队，专门给我送饺子来的。如果是平时，这也许算不上什么，可这是什么天气呀！他得多早就要起身，没有车，三十里的路，他得一步步地跋涉在没膝深的雪窝里，走过冰滑雪深的七星河呀。

我永远记得，那一天，我和赵温用那个盆底有朵大大的牡丹花的洗脸盆煮的饺子。饺子煮熟了，漂在滚沸的水面上，被盛开的牡丹花托起。

忘不了，是酸菜馅的饺子。

## 三

齐如山先生当年说，他曾经吃过一百多种馅的饺子。我没吃过那么多种馅的饺子。我也不知道，全国各地的饺子馅，到底有多少种。不过，我觉得馅对于饺子并不重要。饺子过年，其中的馅，可以丰俭由人，从未有过高低贵贱之分。过去，皇上过年吃饺子，底下人必要在馅中包上一枚金钱，而且，金钱上必要镌刻上"天子万年""万寿无疆"之类过年的吉祥话，讨皇上欢喜。穷人过年，怎么也得吃上一顿饺子，哪怕是野菜馅的呢。

曾听叶派小生毕高修先生告诉我这样一桩往事：他和京剧名宿侯喜瑞先生同在落难之中，结为忘年交。大年初一，客居北京城南，四壁徒空，凄风冷灶，两人只好床上棉被相拥，惨淡谈笑过残年。忽然，看到墙角里有几根冻僵了的胡萝卜，两人忙下地，拾起胡萝卜，剁巴剁巴，好歹包了顿冻胡萝卜馅的饺子，也得过年啊。

馅，可以让饺子分成价值的高低，但作为饺子这一整体形象，却是过年时不分贵贱的最为民主化的象征。

# 四

很多年前，我写过一篇散文《花边饺》，后来被选入小学生的语文课本。写的是小时候过年，母亲总要包荤素两种馅的饺子。她把肉馅的饺子都捏上花边，让我和弟弟觉得好看，连吃带玩地吞进肚里，自己和父亲则吃素馅的饺子。那是艰苦岁月的往事。

长大以后，总会想起母亲包的花边饺。大年初二，是母亲的生日。那一年，我包了一个糖馅的饺子，放进盖帘一圈圈饺子之中，然后对母亲说："今儿您要吃着这个糖馅的饺子，您一准儿是大吉大利！"

母亲连连摇头笑着说："这么一大堆饺子，我哪儿那么巧能有福气吃到？"说着，她亲自把饺子下进锅里。饺子像活了的小精灵，在翻滚的水花中上下翻腾。望着母亲昏花的老眼，我看出来，她是想吃到那个糖饺子呢！

热腾腾的饺子盛上盘，端上桌，我往母亲的碟中先拨上三个饺子。第二个饺子，母亲就咬着了糖馅，惊喜地叫了起来："哟！我真的吃到了！"我说："要不怎么说您有福气呢？"母亲的眼睛笑得眯成了一条缝。

其实，母亲的眼睛，实在是太昏花了。她不知道我耍了一个小小的花招，用糖馅包了一个有记号的花边饺。

第二年的夏天，母亲去世了。

# 五

在北大荒，有个朋友叫再生，人长得膀大腰圆，干起活来，是二齿钩挠痒痒—— 一把硬手。回北京待业那阵子，他一身武功无处可施，常到我家来聊天，一聊到半夜，打发寂寞时光。那时候，生活拮据，招待他最好的饭食，就是饺子。一听说包饺子，他就来了精神，说他包饺子最拿手。在北大荒，没有擀面杖，他用啤酒瓶子，都能把皮擀得又圆又薄。在我家包饺子，我最省心，和面、拌馅、擀皮，都是他一个人招呼，我只是搭把手，帮助包几个，意思意思。他一边擀皮，一边唱歌，每一次唱的歌都一样：《嘎达梅林》。不知道为什么，他对这首歌情有独钟。一边唱，他还要不时腾出一只手，伸出来，随着歌声，娇柔地做个兰花指状，这与他粗犷的腰身反差极大，和《嘎达梅林》这首英雄气魄的歌反差也极大。每次来我家包饺子的时候，他都会问我："今儿包什么馅的呀？"我都开玩笑地对他说："包'嘎达梅林'馅的！"他听了哈哈大笑，冲我说："拿我打镲！"擀皮的时候，他照样不忘唱他的《嘎达梅林》，照样不忘伸出他的兰花指。

四十多年过去了。如今，再生的日子过得很滋润，儿子北大西语系毕业，很有出息，特别孝顺，还能挣钱，每月光给他零花钱，出手就是五千，让他别舍不得，可劲儿地花，对自己得好点儿。他很少来我家了，见面总要请我到饭店吃饭，再也吃不到他包的"嘎达梅林"馅的饺子了。

## 六

孩子在美国读博，毕业后又在那里工作，前些年我常去美国探亲，一连几个春节，都是在那里过的。过年的饺子，更显得是必不可少，增添了更多的乡愁。余光中说：乡愁是一枚邮票。在过年的那一刻，乡愁就是一顿饺子，比邮票更看得见，摸得着，还吃得进暖暖的心里。那是一个叫作布鲁明顿的大学城，很小的一个地方，全城只有六万多人口，一半是大学里的学生和老师。全城只有一个中国超市，也只有在那里可以买到五花肉、大白菜和韭菜，这是包饺子必备的老三样。为备好这老三样，提早好多天，我便和孩子一起来到超市。

超市的老板是山东人，老板娘是台湾人，因为常去那里买东西，彼此已经熟悉。老板见我进门先直奔大白菜和韭菜而去，笑吟吟地对我说："过年包饺子吧？"我说："对呀！您的大白菜和韭菜得多备些啊！"他依旧笑吟吟地说："放心吧，备着呢！"那一天，小小的超市里挤满了人，大多是中国人，来买五花肉、大白菜和韭菜的。尽管大家素不相识，但望着各自小推车中的这老三样，彼此心照不宣，他乡遇故知一般，都像老板一样会心地笑着。

# 窝头

· 梁实秋

窝窝头，简称窝头，北方平民较贫苦者的一种主食。贫苦出身者，常被称为啃窝头长大的。一个缩头缩脑、满脸穷酸相的人，常被人奚落："瞧他那个窝头脑袋！"变戏法的卖关子，在紧要关头停止表演向围观者讨钱，好多观众便哄然逃散，变戏法的急得跳着脚大叫："快回家去吧，窝头煳啦！"（煳是烧焦的意思）坐人力车如果事前未讲价钱，下车付钱，有些车夫会伸出朝上的手掌，大汗淋漓、气喘吁吁地说："请您回回手，再赏几个窝头钱吧！"

总而言之，窝头是穷苦的象征。

到北平观光过的客人，也许在北海仿膳吃过小窝头。请不要误会，那是噱头，那小窝头只有一英寸高的样子，一口可以吃一个。据说那小窝头虽说是玉米面做的，可是羼了栗子粉，所以松软容易下咽。我觉得这是拿穷人开心。

真正的窝头是玉米做的，玉米磨得不够细，粗糙得刺嗓子，所以通常羼（音chàn）黄豆粉或小米面，称之为杂合面。杂合面窝头是比较常见的。制法简单，面和好，抓起一团，跷起右手大拇指伸进面团，然后用其余的九个手指围绕着那个大拇指搓搓捏捏使成为一个中空的塔，所以窝头又名黄金塔。因为捏制时是一个大拇指在内九个手指在外，所以又称"里一外九"。

窝头是要上笼屉蒸的，蒸熟了黄澄澄的，喷香。有人吃一个窝头，要陪上一个酱肘子，让那白汪汪的脂肪陪送窝头下肚。困难在吃窝头的人通常买不起酱肘子，他们经常吃的下饭菜是号称"棺材板"的大腌萝卜。

【窝窝头】

【棺材板咸菜】

　　据营养学家说，纯粹就经济实惠而言，最值得吃的食物盖无过于窝头。玉米面虽非高蛋白食物，但是纤维素甚为丰富，而且其胚芽玉米的营养价值极高，富有维他命[①]B多种，比白米白面不知高出多少。难怪北方的劳苦大众几乎个个长得比较高大粗壮。吃粗粮反倒得福了。杜甫诗"百年粗粝腐儒餐"，现在粗粝已不再仅是腐儒餐了，餍膏粱者也要吃糙粮。

---

① 即维生素。

我不是啃窝头长大的，可是我祖父母为了不忘当年贫苦的出身，在后院避风的一个角落里砌了一个一尺多高的大灶，放一只头号的铁锅，春暖花开的时候便烧起柴火，在笼屉里蒸窝头。这一天全家上下的晚饭就是窝头、棺材板、白开水。除了蒸窝头之外，也贴饼子，把和好的玉米粉抓一把弄成舌形的一块往干锅上一贴，加盖烘干，一面焦。再不然就顺便蒸一屉榆钱糕，后院现成的一棵大榆树，新生出一簇簇的榆钱，取下洗净和玉米面拌在一起蒸，蒸熟之后人各一碗，浇上一大勺酱油、麻油汤子拌葱花，别有风味。我当时年纪小，没能懂得其中的意义，只觉得好玩。现在我晓得，大概是相当于美国人感恩节之吃火鸡。我们要感谢上苍赐给穷人像玉米这样的珍品。不过人光吃窝头是不行的，还是需要相当数量的蛋白质和脂肪。

　　自从宣统年间我祖父母相继去世，直到如今，已有七十多年没尝到窝头的滋味。我不想念窝头，可是窝头的形象却不时地在我心上涌现。我怀念那些啃窝头的人，不知道他们是否仍像从前一样地啃窝头，抑是连窝头都没得啃。前些日子，友人贻我窝头数枚，形色滋味与我所知道的完全相符，大有类似"他乡遇故人"之感。

贫不足耻。贫乃士之常，何况劳苦大众？不过打肿脸充胖子是人之常情，谁也不愿在人前暴露自己的贫穷。贫贱骄人乃是反常的激愤表示，不是常情。原宪穷，他承认穷，不承认病。其实就整个社会而言，贫是病。我知道有一人家，主人是小公务员，食指众多，每餐吃窝头，于套间进食，严扃其门户，不使人知。一日，忘记锁门，有熟客来排闼直入，发现全家每人捧着一座金字塔，主客大窘，几至无地自容。这个人家的子弟，个个发愤图强，皆能卓然自立，很快地就脱了窝头的户籍。

北方每到严冬，就有好心的人士发起窝窝头会，是赈济穷人的慈善组织。仁者用心，有足多者。但是嗟来之食，人所难堪。如果窝窝头会能够改个名称，别在穷人面前提起窝头，岂不更妙？

# 故乡的野菜

·周作人

我的故乡不止一个，凡我住过的地方都是故乡。故乡对于我并没有什么特别的情分，只因钓于斯游于斯的关系，朝夕会面，遂成相识，正如乡村里的邻舍一样，虽然不是亲属，别后有时也要想念到他。我在浙东住过十几年，南京东京都住过六年，这都是我的故乡，现在住在北京，于是北京就成了我的家乡了。

日前我的妻往西单市场买菜回来，说起有荠菜在那里卖着，我便想起浙东的事来。荠菜是浙东人春天常吃的野菜，乡间不必说，就是城里只要有后园的人家都可以随时采食，妇女小儿各拿一把剪刀一只"苗篮"，蹲在地上搜寻，是一种有趣味的游戏的工作。那时小孩们唱道："荠菜马兰头，姊姊嫁在后门头。"后来马兰头有乡人拿来进城售卖了，但荠菜还是一种野菜，须得自家去采。关于荠菜向来颇有风雅的传说，不过这似乎以吴地为主。《西湖游览志》云："三月三日男女皆戴荠菜花。谚云，三春戴荠花，桃李羞繁华。"顾禄的《清嘉录》上亦说："荠菜花俗呼野菜花，因谚有三月三蚂蚁上灶山之语，三日人家皆以野菜花置灶陉上，以厌虫蚁。侵晨村童叫卖不绝。或妇女簪髻上以祈清目，俗号眼亮花。"但浙东人却不很理会这些事情，只是挑来做菜或炒年糕吃罢了。

黄花麦果通称鼠曲草，系菊科植物，叶小微圆互生，表面有白毛，花黄色，簇生梢头。春天采嫩叶，捣烂去汁，和粉做糕，称黄花麦果糕。小孩们有歌赞美之云：

黄花麦果韧结结，关得大门自要吃，

半块拿弗出，一块自要吃。

清明前后扫墓时，有些人家——大约是保存古风的人家——用黄花麦果作供，但不作饼状，做成小颗如指顶大，或细条如小指，以五六个作一攒，名曰茧果，不知是什么意思，或因蚕上山时设祭，也用这种食品，故有是称，亦未可知。自从十二三

岁时外出不参与外祖家扫墓以后，不复见过茧果，近来住在北京，也不再见黄花麦果的影子了。日本称作"御形"，与荠菜同为春天的七草之一，也采来做点心用，状如艾饺，名曰"草饼"，春分前后多食之，在北京也有，但是吃去总是日本风味，不复是儿时的黄花麦果糕了。

扫墓时候所常吃的还有一种野菜，俗称草紫，通称紫云英。农人在收获后，播种田内，用作肥料，是一种很被贱视的植物，但采取嫩茎瀹食，味颇鲜美，似豌豆苗。花紫红色，数十亩接连不断，一片锦绣，如铺着华美的地毯，非常好看，而且花朵状若蝴蝶，又如鸡雏，尤为小孩所喜。间有白色的花，相传可以治痢，很是珍重，但不易得。日本《俳句大辞典》云："此草与蒲公英同是习见的东西，从幼年时代便已熟识。在女人里边，不曾采过紫云英的人，恐未必有罢。"中国古来没有花环，但紫云英的花球却是小孩常玩的东西，这一层我还替那些小人们欣幸的。浙东扫墓用鼓吹，所以少年常随了乐音去看"上坟船里的姣姣"；没有钱的人家虽没有鼓吹，但是船头上篷窗下总露出些紫云英和杜鹃的花束，这也就是上坟船的确实的证据了。

# 面条

· 梁实秋

面条，谁没吃过？但是其中大有学问。

北方人吃面讲究吃抻（音 chēn）面。抻，用手拉的意思，所以又称为拉面。用机器压切的面曰切面，那是比较晚近的产品，虽然产制方便，味道不大对劲。

我小时候在北京，家里常吃面，一顿饭一顿面是常事，面又常常是面条。一家十几口，面条由一位厨子供应，他的本事不小。在夏天，他总是打赤膊，拿大块和好了的面团，揉成一长条，提起来拧成麻花形，滴溜溜地转，然后执其两端，上上下下地抖，越抖越长，两臂伸展到无可再伸，就把长长的面条折成双股，双股再拉，拉成四股，四股变成八股，一直拉下去，拉到粗细适度为止。在拉的过程中不时地在撒了干面粉的案子上重重地摔，使粘上干面，免得粘了起来。这样的拉一把面，可供十碗八碗。一把面抻好投在沸滚的锅里，马上抻第二把面，如是抻上两三把，差不多就够吃的了，可是厨子累得一头大汗。我常站在厨房门口，参观厨子表演抻面，越夸奖他，他越抖神，眉飞色舞，如表演体操。面和得不软不硬，像牛筋似的，两胳膊若没有一把子力气，怎行？

面可以抻得很细。隆福寺街灶温，是小规模的二荤铺，他家的拉面真是一绝。拉得像是挂面那样细，而吃在嘴里利利落落。在福全馆吃烧鸭，鸭架装打卤，在对门灶温叫碗儿一窝丝，真是再好没有的打卤面。自己家里抻的面，虽然难以和灶温的比，也可以抻得相当标准。也有人喜欢吃粗面条，可以粗到像是小指头，筷子夹起来扑棱扑棱的像是鲤鱼打挺。本来抻面的妙处就是在于那一口咬劲儿，多少有些韧性，不像切面那样的糟，其原因是抻得久，把面的韧性给抻出来了。要吃过水儿面，把煮熟的面条在冷水或温水里涮一下；要吃锅里挑，就不过水，稍微黏一点，各有风味。面条儿宁长毋短，如嫌太长可以拦腰切一两刀再下锅。寿面当然是越长越好。曾见有人用切面做寿面。也许是面搁久了，也许是煮过火了，上桌之后，当众用筷子一挑，面就断了，窘得下不了台！

其实面条本身无味，全凭调配得宜。我见识谫陋，记得在抗战初年，长沙尚未经过那次大火，在

萝卜缨　　　　　　　　　黄瓜丝

芹菜末　　　　　酱　　　　　　掐菜

五花肉　　　　　葱姜

【炸酱面】

天心阁吃过一碗鸡丝面，印象甚深。首先是那碗，大而且深，比别处所谓"二海"容量还要大些，先声夺人。那碗汤清可见底，表面上没有油星，一抹面条排列整齐，像是美人头上才梳拢好的发蓬，一根不扰。大大的几片火腿、鸡脯摆在上面。看这模样就觉得可人，味还差得了？再就是离成都不远的牌坊面，远近驰名，别看那小小一撮面，七八样佐料加上去，硬是要得，来往过客就是不饿也能连罄五七碗。我在北碚的时候，有一阵子诗人尹石公做过雅舍的房客，石老是扬州人，也颇喜欢吃面，有一天他对我说："李笠翁《闲情偶寄》有一段话提到汤面深获我心，他说味在汤里而面索然寡味，应该是汤在面里然后面才有味。我照此原则试验已得初步成功，明日再试敬请品尝。"第二天他果然市得小小蹄髈，细火炮烂，用那半锅稠汤下面，把汤耗干为度，蹄髈的精华乃全在面里。

我是从小吃炸酱面长大的。面一定是自抻的，从来不用切面。后来离乡外出，没有厨子抻面，退而求其次，家人自抻小条面，供三四人食用没有问题。用切面吃炸酱面，没听说过。四色面码，一样也少不得，掐菜、黄瓜丝、萝卜缨、芹菜末。

# 落花生

  我是个谦卑的人。但是，口袋里装上四个铜板的落花生，一边走一边吃，我开始觉得比秦始皇还骄傲。假若有人问我："你要是做了皇上，你怎么享受呢？"简直的不必思索，我就答得出："派四个大臣拿着两块钱的铜子，爱买多少花生吃就买多少！"

  什么东西都有个幸与不幸。不知道为什么瓜子比花生的名气大。你说，凭良心说，瓜子有什么吃头？它夹你的舌头，塞你的牙，激起你的怒气——因为一咬就碎；就是幸而没碎，也不过是那么小小的一片，不解饿，没味道，劳民伤财，布尔乔亚！你看落花生：大大方方的，浅白麻子，细腰，曲线美。这还只是看外貌。弄开看：一胎儿两个或者三个粉红的胖小子。脱去粉红的衫儿，象牙色的豆瓣一对对地抱着，上边儿还结着吻。那个光滑，那

个水灵，那个香喷喷的，碰到牙上那个干松酥软！白嘴吃也好，就酒喝也好，放在舌上当槟榔含着也好。写文章的时候，三四个花生可以代替一支香烟，而且有益无损。

种类还多呢：大花生、小花生、大花生米、小花生米，糖钱的、炒的、煮的、炸的，各有各的风味，而都好吃。下雨阴天，煮上些小花生，放点盐；来四两玫瑰露；够作好几首诗的。瓜子可给诗的灵感？冬夜，早早的躺在被窝里，看着《水浒》，枕旁放着些花生米；花生米的香味，在舌上，在鼻尖；被窝里的暖气，武松打虎……这便是天国！冬天在路上，刮着冷风，或下着雪，袋里有些花生使你心中有了主儿。掏出一个来，剥了，慌忙往口中送，闭着嘴嚼，风或雪立刻不那么厉害了。况且，一个二十岁以上的人肯神仙似的，无忧无虑的，随随便便的，在街上一边走一边吃花生，这个人将来要是做了宰相或度支部尚书，他是不会有官僚气与贪财的。他若是做了皇上，必是朴俭温和直爽天真的一位皇上，没错。

吃瓜子的照例不在街上走着吃，所以我不给他保这个险。

至于家中要是有小孩儿，花生简直比什么也重要。不但可以吃，而且能拿它们玩。夹在耳唇上当环子，几个小姑娘就能办很大的一回喜事。小男孩若找不着玻璃球儿，花生也可以当弹儿。玩法还多着呢。玩了之后，剥开再吃，也还不脏。两个大子儿的花生可以玩半天；给他们些瓜子试试。

论样子，论味道，栗子其实满有势派儿。可是它没有落花生那点家常的"自己"劲儿。栗子跟人没有交情，仿佛是。核桃也不行，榛子就更显着疏远。落花生在哪里都有人缘，自天子以至庶人都跟它是朋友；这不容易。

在英国，花生叫作"猴豆"——Monkey nuts。人们到动物园去才带上一包，去喂猴子。花生在这个国里真不算很光荣，可是我亲眼看见去喂猴子的人——小孩就更不用提了——偷偷地也往自己口中送这猴豆。花生和苹果好像一样的有点魔力，假如你知道苹果的典故；我这儿确是用着典故。

美国吃花生的不限于猴子。我记得有位美国姑娘，在到中国来的时候，把几只皮箱的空处都填满了花生，大概凑起来总够十来斤吧，怕是到中国吃不着这种宝物。美国姑娘都这样重看花生，可见它确是有价值；按照哥伦比亚的哲学博士的辩证法看，这当然没有误儿。

花生大概还跟婚礼有点关系，一时我可想不起来是怎么个办法了；不是新娘子在轿里吃花生，不是；反正是什么什么春吧——你可晓得这个典故？其实花轿里真放上一包花生米，新娘子未必不一边落泪一边嚼着。

# 五味

汪曾祺

　　山西人真能吃醋！几个山西人在北京下饭馆，坐定之后，还没有点菜，先把醋瓶子拿过来，每人喝了三调羹醋。邻座的客人直瞪眼。有一年我到太原去，快过春节了。别处过春节，都供应一点好酒，太原的油盐店却都贴出一个条子："供应老陈醋，每户一斤。"这在山西人是大事。

　　山西人还爱吃酸菜，雁北尤甚。什么都拿来酸，除了萝卜白菜，还包括杨树叶子、榆树钱儿。有人来给姑娘说亲，当妈的先问，那家有几口酸菜缸。酸菜缸多，说明家底子厚。

　　辽宁人爱吃酸菜白肉火锅。

　　北京人吃羊肉酸菜汤下杂面。

　　福建人、广西人爱吃酸笋。我和贾平凹在南宁，不爱吃招待所的饭，到外面瞎吃。平凹一进门，就叫："老友面！""老友面"者，酸笋肉丝氽汤下面也，不知道为什么叫作"老友"。

傣族人也爱吃酸。酸笋炖鸡是名菜。

延庆山里夏天爱吃酸饭。把好好的饭焐酸了，用井拔凉水一和，呼呼地就下去了三碗。

都说苏州菜甜，其实苏州菜只是淡，真正甜的是无锡。无锡炒鳝糊放那么多糖！包子的肉馅里也放很多糖，没法吃！

四川夹沙肉用大片肥猪肉夹了洗沙蒸，广西芋头扣肉用大片肥猪肉夹芋泥蒸，都极甜，很好吃，但我最多只能吃两片。

广东人爱吃甜食。昆明金碧路有一家广东人开的甜品店，卖芝麻糊、绿豆沙，广东同学趋之若鹜。"番薯糖水"即用白薯切块熬的汤，这有什么好喝的呢？广东同学曰："好也！"

北方人不是不爱吃甜，只是过去糖难得。我家曾有老保姆，正定乡下人，六十多岁了。她还有个婆婆，八十几了。她有一次要回乡探亲，临行称了两斤白糖，说她的婆婆就爱喝个白糖水。

【番薯糖水】

北京人很保守，过去不知苦瓜为何物，近年有人学会吃了。菜农也有种的了。农贸市场上有很好的苦瓜卖，属于"细菜"，价颇昂。

北京人过去不吃蕹菜，不吃木耳菜，近年也有人爱吃了。

北京人在口味上开放了！

北京人过去就知道吃大白菜。由此可见，大白菜主义是可以被打倒的。

北方人初春吃苣荬菜。苣荬菜分甜荬、苦荬，苦荬相当的苦。

有一个贵州的年轻女演员上我们剧团学戏，她的妈妈不远迢迢给她寄来一包东西，是"择耳根"，或名"则尔根"，即鱼腥草。她让我尝了几根。这是什么东西？苦，倒不要紧，它有一股强烈的生鱼腥味，实在招架不了！

剧团有一干部，是写字幕的，有时也管杂务。此人是个吃辣的专家。他每天中午饭不吃菜，吃辣椒下饭。全国各地的，少数民族的，各种辣椒，他都千方百计地弄来吃，剧团到上海演出，他帮助搞伙食，这下好，不会缺辣椒吃。原以为上海辣椒不好买，他下车第二天就找到一家专卖各种辣椒的铺子。上海人有一些是能吃辣的。

我的吃辣是在昆明练出来的，曾跟几个贵州同学在一起用青辣椒在火上烧烧，蘸盐水下酒。平生所吃辣椒亦多矣，什么朝天椒、野山椒，都不在话下。我吃过最辣的辣椒是在越南。一九四七年，由越南转道往上海，在海防街头吃牛肉粉，牛肉极嫩，汤极鲜，辣椒极辣，一碗汤粉，放三四丝辣椒就辣得不行。这种辣椒的颜色是橘黄色的。在川北，听说有一种辣椒本身不能吃，用一根线吊在灶上，汤做得了，把辣椒在汤里涮涮，就辣得不得了。云南佤族有一种辣椒，叫"涮涮辣"，与川北吊在灶上的辣椒大概不相上下。

四川不能说是最能吃辣的省份，川菜的特点是辣且麻——搁很多花椒。四川的小面馆的墙壁上黑漆大书三个字：麻辣烫。麻婆豆腐、干煸牛肉丝、棒棒鸡，不放花椒不行。花椒得是川椒，捣碎，菜做好了，最后再放。

周作人说他的家乡整年吃咸极了的咸菜和咸极了的咸鱼。浙东人确实吃得很咸。有个同学，是台州人，到铺子里吃包子，掰开包子就往里倒酱油。口味的咸淡和地域是有关系的。北京人说南甜北咸东辣西酸，大体不错。河北、东北人口重，福建菜多很淡。但这与个人的性格习惯也有关。湖北菜并不咸，但闻一多先生却嫌云南蒙自的菜太淡。

中国人过去对吃盐很讲究，如桃花盐、水晶盐，"吴盐胜雪"，现在则全国都吃再制精盐。只有四川人腌咸菜还坚持用自贡产的井盐。

我不知道世界上还有什么国家的人爱吃臭。

　　过去上海、南京、汉口都卖油炸臭豆腐干。长沙火宫殿的臭豆腐因为一个大人物年轻时常吃而出名。这位大人物后来还去吃过，说了一句话："火宫殿的臭豆腐还是好吃。"

我们一个同志到南京出差，他的爱人是南京人，嘱咐他带一点臭豆腐干回来。他千方百计，居然办到了。带到火车上，引起一车厢的人强烈抗议。

除豆腐干外，面筋、百叶（千张）皆可臭。蔬菜里的莴苣、冬瓜、豇豆皆可臭。冬笋的老根咬不动，切下来随手就扔进臭坛子里。——我们那里很多人家都有个臭坛子，一坛子"臭卤"。腌芥菜挤下的汁放几天即成"臭卤"。臭物中最特殊的是臭苋菜秆。苋菜长老了，主茎可粗如拇指，高三四尺，截成二寸许小段，入臭坛。臭熟后，外皮是硬的，里面的芯成果冻状。嘬住一头，一吸，芯肉即入口中。这是佐粥的无上妙品。我们那里叫作"苋菜秸子"，湖南人谓之"苋菜咕"，因为吸起来"咕"的一声。

北京人说的臭豆腐指臭豆腐乳。过去是小贩沿街叫卖的："臭豆腐，酱豆腐，王致和的臭豆腐。"臭豆腐就贴饼子，熬一锅虾米皮白菜汤，好饭！现在王致和的臭豆腐用很大的玻璃方瓶装，很不方便，一瓶一百块，得很长时间才能吃完，而且卖得很贵，成了奢侈品。我很希望这种包装能改进，一器装五块足矣。

我在美国吃过最臭的"气死"（干酪），洋人多闻之掩鼻，对我说起来实在没有什么，比臭豆腐差远了。

甚矣，中国人口味之杂也，敢说堪为世界之冠。

人生大事

吃喝二字顧

"碧蔓凌霜卧软沙，年来处处食西瓜"，这是宋代范成大《西瓜园》诗中句。的确，年来每入炎夏，就处处食西瓜，而在果品中，它是庞然大物，可以当得上领袖之称。西瓜并非中国种，据说五代时胡峤入契丹，吃到了西瓜，而契丹是由于破了回纥得来的种子，以牛粪覆棚而种，瓜大如斗，味甜如蜜。后由胡峤带回国来，因其来自西土，故名西瓜，性寒，可解暑热，因此又名寒瓜。

西瓜瓤有白、黄、红三色，皮有白、绿二色，形有浑圆的，有如枕头的。上海浦东西林塘产三白瓜，因其皮白、瓤白、子白之故，作浑圆形，味极鲜甜。浙江平湖产枕头瓜，绿皮黄瓤，鲜甜不让三白。北方以德州西瓜最负盛名，而品质之美，确是名下无虚。一九五○年秋初，我因嫁女从北京回苏州，在德州、兖州、固镇三处火车站上，买了三个大西瓜带回来，都是白皮，作枕头形，一尝之下，自以德州瓜为第一，真的是甜如崖蜜，美不可言。

　　诗人们歌颂西瓜的不多，宋代贺方回《秋热诗》，有"西瓜足解渴，割裂青瑶肤"之句。元代方夔《食西瓜》诗，有"缕缕花衫沾唾碧，痕痕丹血掐肤红。香浮笑语牙生水，凉入衣襟骨有风"诸句。金代王予可句云："一片冷裁潭底月，六湾斜

〔西瓜〕

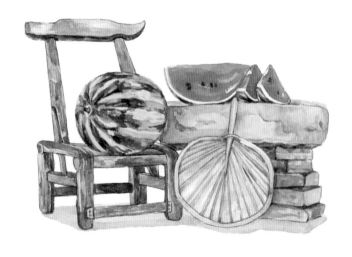

卷陇头云。"也是为咏西瓜而作。据说宋代大忠臣文文山曾作《西瓜吟》,足为西瓜生色,惜未之见。

往年我在上海时,曾见过人家做西瓜灯,倒是一个很有趣的玩意。先把瓜蒂切去,挖掉了全部瓜瓤,在皮上精刻着人物花鸟,中间拴以粗铅丝和钉子,插上一支小蜡烛,入夜点上了火,花样顿时明显,很可欣赏。这玩意在清代乾嘉年间也就有了,词人冯柳东曾有《辘轳金井》一阕咏之云:"冰园雨黑。映玲珑、逗出一痕秋影。制就团圆,满琼壶红晕。清辉四迸。正藓井、寒浆消尽。字破分明,光浮细碎,半丸凉凝。茅庵一星远近。趁豆棚闲挂,相对商茗。蜡泪抛残,怕华楼夜冷。西风细认。愿双照、秋期须准。梦醒青门,重挑夜话,月斜烟暝。"

# 茶话

·周瘦鹃

茶，是我国的特产，吃茶也就成了我国人民特有的习惯。无论是都市，是城镇，以至乡村，几乎到处都有大大小小的茶馆，每天自朝至暮，几乎到处都有茶客，或者是聊闲天，或者是谈正事，或者搞些下象棋、玩纸牌等轻便的文娱活动，形成了一个公开的群众俱乐部。

茶有茗、荈、槚几个别名。据《尔雅》说，早采者为茶，晚取者为茗，荈和槚是苦茶。吃茶的风气始于晋代。晋人杜育就写过一篇《荈赋》，对于茶大加赞美；到了唐代，那就盛行吃茶了。

茶树的干像瓜芦，叶子像栀子，花朵像野蔷薇，有清香，高一二尺。江苏、浙江、福建、安徽各省，都是茶的产地，如碧螺春、龙井、武夷、六安、祁门等各种著名的绿茶、红茶，都是我们所熟知的。茶树都种于山野间，可是喜阴喜燥，怕阳光

【茶叶】

怕水，倘不施粪肥，味儿更香。绿茶色淡而香清，红茶色香味都很浓郁，而味带涩性。绿茶有明前、雨前之分，是照着采茶的时期而定名的，采于清明节以前的叫作明前，采于谷雨节以前的叫作雨前，以雨前较为名贵。茶叶可用花窨，如茉莉、珠兰、玫瑰、木樨、白兰、玳玳都可以窨茶；不过花香一浓，就会冲淡茶香，所以窨花的茶叶，不必太好，上品的茶叶，是不需要借重那些花的。

吃茶有什么好处，谁也不能肯定。茶可以解渴，这是开宗明义第一章。有的人说它可以开胃润气，并且助消化，尤以红茶为有效。可是卫生家却并不赞同，认为茶有刺激神经的作用，不如喝白开水有润肠利便之效。但我们吃惯了茶的人，总觉得白开水淡而无味，还是要去吃茶，情愿让神经刺激一下了。

唐朝的诗人卢仝和陆羽，可以说是我国提倡吃茶的有名人物，昔人甚至尊之为茶圣。卢仝曾有一首长歌，谢人寄新茶，其下半首云：

> "柴门反关无俗客，纱帽笼头自煎吃。碧云引风吹不断，白花浮光凝碗面。一碗喉吻润；两碗破孤闷；三碗搜枯肠，唯有文字五千卷；四碗发轻汗，平生不平事，尽向毛孔散；五碗肌骨清；六碗通仙灵；七碗吃不得也，唯觉两腋习习清风生。"

夸张吃茶的好处，写得十分有趣；因此，"卢仝七碗"，也就成了后人传诵的佳话。陆羽字鸿渐，有文学，嗜茶成癖，著《茶经》三篇，原原本本地说出茶之源、之法、之具，真是一个吃茶的专家。宋朝的诗人如苏东坡、黄山谷、陆放翁等，也都是爱茶的，他们的诗集中，有不少歌颂吃茶的作品。

制茶的方法，红、绿茶略有不同，据说要制红茶时，可将采下的嫩叶，铺满在竹席上，放在阳光中曝晒，晒了一会，便搅拌一会，等到叶子晒得渐渐地萎缩时，就纳入布袋揉搓一下，再倒出来曝晒，将水分蒸散，再装在木箱里，一层层堆叠起来，重重压紧，用布来遮在上面，等到它变成了红褐色透出香气来时，再从箱里倒出来晒干，然后放在炉火上烘焙。经过了这几重手续，叶子已完全干燥，而红茶也就告成了。制绿茶时，那么先将采下的嫩叶放在蒸笼里蒸一下，或铁锅上炒一下，到它带了黏性而透出香气来时，就倒出来，铺散在竹席上，用扇子把它用力地扇。扇冷之后，立即上炉烘

［茶碗］

焙，一面烘，一面揉搓，叶子就逐渐干燥起来。最后再移到火力较弱的烘炉上，且烘且搓，直到完全干燥为止，于是绿茶也就告成了。

过去我一直爱吃绿茶，而近一年来，却偏爱红茶，觉得醇厚够味，在绿茶之上；有时红茶断档，那么吃吃洞庭山的名产绿茶碧螺春，也未为不可。

在明代时，苏州虎丘一带也产茶，颇有名，曾见之诗人篇章。王世贞句云："虎丘晚出谷雨后，百草斗品皆为轻。"徐渭句云："虎丘春茗妙烘蒸，七碗何愁不上升。"他们对于虎丘茶的评价，都是很高的；可是从清代以至于今，就不听得虎丘产茶了。幸而洞庭山出产了碧螺春，总算可为苏州张目。碧螺春的特点，是叶子都蜷曲，用沸水一泡，还有白色的细茸毛浮起来。初泡时茶味未出，到第二次泡时呷上一口，就觉得"清风自向舌端生"了。

从前一般风雅之士，对于吃茶称为品茗。原来他们泡了茶，并不是一口一口地呷，而是像喝贵州茅台酒、山西汾酒一样，一点一滴地在嘴唇上"品"的。在抗日战争以前，我曾在上海被邀参加过一个品茗之会。主人是个品茗的专家，备有他特制的"水仙""野蔷薇"等茶叶，并且有黄山的云雾茶。所用的水，据说是无锡运来的惠泉水，盛在一个瓦铫里，用松毛、松果来生了火，缓缓地煎。那天请了五位客，连他自己一共六人。一张小圆桌上，放着六只像酒盅般大的小茶杯和一把小茶壶，是白地青花瓷质的。他先用沸水将杯和壶泡了一下，然后在壶中满满地放了茶叶，据说就是"水仙"。瓦铫水沸之后，就斟在茶壶里，随即在六只小茶杯里各斟一些些，如此轮流地斟了几遍，才斟满了一杯。于是品茗开始了，我照着主人的方式，啜一些在嘴唇上品，啧啧有声。客人们赞不绝口，都说："好香！好香！"我也只得附和着乱赞，其实觉得和我们平日所吃的龙井、雨前是差不多的。听说日本人吃茶特别讲究，也是这种方式，他们称为"茶道"，吃茶而有道，也足见其重视的一斑。我以为这样的吃茶，已脱离了一般劳动人民的现实生活，实在是不足为训的。

# 市井长巷
# 食味人间

叁

古人诗云：『人似秋云散处多。』秋天的云，大都是一朵一朵地分散而疏密无定的。这颇像胡桃云片上的模样。

丰子恺

梁实秋

张恨水

周作人

# 胡桃云片

· 丰子恺

凭窗闲眺，想觅一个随感的题目。

说出来真觉得有些惭愧：今天我对于展开在窗际的"一·二八"战争的炮火的痕迹，不能兴起"抗日救国"的愤慨，而独仰望天际散布的秋云，甜蜜地联想到松江的胡桃云片。也想把胡桃云片隐藏在心里，而在嘴上说抗日救国。但虚伪还不如惭愧些吧。

三四年前在松江授课的时候，每星期课毕返上海，黄包车经过望江楼隔壁的茶食店，必然停一停车，买一尺胡桃云片带回去吃。这种茶食是否为松江的名物，我没有调查过。我是有一回同一个朋友在望江楼喝茶，想买些点心吃吃，偶然在隔壁的茶食店里发现的。发现以后，我每次携了藤篮坐黄包车出城的时候必定要买。后来成为定规，那店员看见我的车子将停下来，就先向橱窗里拿一尺糕来称

【胡桃云片糕】

分量。我走到柜上，不必说话，只需摸出一块钱来等他找我。他找我的有时两角小洋，有时只几个铜板，视糕的分量轻重而异。每月的糕钱约占了我的薪水的十二分之一。我为什么肯拿薪水的十二分之一来按星期致送这糕店呢？因为这种糕实有使我欢喜之处，且听我说：

云片糕，这个名词高雅得很。"云片"二字是糕的色彩形状的印象的描写。其白如云，其薄如片，名之曰云片，真是高雅而又适当。假如有一片糕向空中不翼而飞，我们大可用古人"白云一片去悠悠"之句来题赞这景象。但我还以为这名词过于象征了些。因为糕的厚薄固然宜于称片，但就糕的轮廓的形状上看，对于上面的"云"字似觉不切。这糕的四边是直线，四根直线围成一个长方形。用直线围成的长方形来比拟天际缭绕不定的云，似乎过于象征而有些牵强了。若把"云片"二字专用于胡桃云片上，那么我就另有一种更有趣味的看法。

胡桃云片，本是加有胡桃的云片糕的意思。想象它的制法，大约是把一块一块的胡桃肉装入米粉里，做成一段长方柱形，然后用刀切成薄薄的片。这样一来，每一片糕上都有胡桃肉的各种各样的切断面的形状。胡桃肉的形体本是非常复杂，现在装入糕中而切成片子，就因了它的位置、方向，及各部形体的不同，而在糕片上显出变化多样的形象来。试切下几片糕来，不要立刻塞进口里，先来当作小小的画片观赏一下。有许多极自然的曲线，描出变化多样的形象，疏疏密密地排列在这些小小的画片上。倘就各个形象看：有的像果物，有的像人形，有的像鸟兽，还有许多像台湾。就全体看：有时像蠹鱼钻过的古书，有时像别的世界的地图，有时像古代的象形文字，然而大都疏密无定，颇像现在窗外的散布着秋云的天空。古人诗云："人似秋云散处多。"秋天的云，大都是一朵一朵地分散而疏密无定的。这颇像胡桃云片上的模样。故我每吃胡桃云片便想起秋天，每逢秋天便想吃胡桃云片。根据这看法而称这种糕曰"胡桃云片"，岂不更为雅致适切而更有趣味吗？

松江人似乎曾在胡桃云片上发现了这种画意的。他们所制的糕，不像别处的产物似的仅在云片中嵌入胡桃肉，他们在糕的四周用红色的线条作一黄金律的缘，而把胡桃的断面装点在这缘线内。这宛如在一幅中国画上加了装裱，或是在一幅西洋画上加了镜框，画的意趣更加焕发了。这些胡桃肉受了缘的隔离，已与实际的世间绝缘，不复是可食的胡桃肉，而成为独立的美的形体了。

因这缘故，松江的胡桃云片使我特别欢喜。辞了松江的教职以后，我不能常得这种胡桃糕，但时时要想念它——例如，今天凭窗闲眺而望天际散布的秋云的时候。读者也许要笑："你在想吃松江胡桃糕，何必絮絮叨叨地说出这一大篇！"不，不，我要吃糕很容易：到江湾街上去买两百文胡桃肉，七个铜板云片糕，拿回家来用糕包裹胡桃肉，闭了眼睛塞进嘴里，嚼起来味道和松江胡桃云片完全一样。我想念松江胡桃云片，是为了想看。至少，半是为了想看，半是为了想吃。若要说吃，我吃这种糕是并用了眼睛和嘴巴而吃的。

我们中国的市上，仅用嘴巴吃的东西太多了。因此使我拿薪水的十二分之一来按星期致送松江的糕店，又使我在江湾的窗际遥遥地想念松江的胡桃云片。我希望我国到处的市上，并用眼睛和嘴巴来吃的东西渐渐多起来。不但嘴吃的东西，身体各部所用的东西，也都要教眼睛参加进去才好。我又希望我国到处的市上，并用眼睛和身体来用的东西也渐渐多起来。

# 煎馄饨

梁实秋

"馄饨"这个名称好古怪。宋程大昌《演繁露》："世言馄饨，是塞外浑氏沌氏为之。"有此一说，未必可信。不过我们知道馄饨历史相当悠久，无分南北到处有之。

儿时，里巷中到了午后常听见有担贩大声吆喝："馄饨——开锅！"这种馄饨挑子上的馄饨，别有风味，物美价廉。那一锅汤是骨头煮的，煮得久，所以是浑浑的、浓浓的。馄饨的皮子薄，馅极少，勉强可以吃出其中有一点点肉。但是作料不少，葱花、芫荽、虾皮、冬菜、酱油、醋、麻油，最后撒上竹节筒里装着的黑胡椒粉。这样的馄饨在别处是吃不到的，谁有工夫去熬那么一大锅骨头汤？

北平的山东馆子差不多都卖馄饨。我家胡同口有一个同和馆，从前在当地还有一点小名，早晨就

人生大事　吃喝二字

卖馄饨和羊肉馅、卤馅的小包子。馄饨做得不错，汤清味厚，还加上几小块鸡血、几根豆苗。凡是饭馆没有不备一锅高汤的（英语所谓"原汤"stock），一碗馄饨舀上一勺高汤，就味道十足。后来"味之素"大行其道，谁还预备原汤？不过善品味的人，一尝便知道是不是正味。

馆子里卖的馄饨，以致美斋的为最出名。好多年前，同治《都门纪略》就有赞美致美斋的馄饨的打油诗：

包得馄饨味胜常，馅融春韭嚼来香，
汤清润吻休嫌淡，咽来方知滋味长。

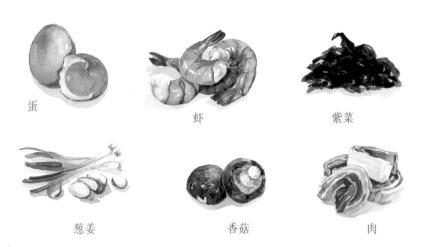

蛋

虾

紫菜

葱姜

香菇

肉

　　这是同治年间的事，虽然已过了五十年左右，饭馆的状况变化很多，但是它的馄饨仍是不同凡响，主要的原因是汤好。

　　可是我最激赏的是致美斋的煎馄饨，每个馄饨都包得非常俏式，薄薄的皮子挺拔舒翘，像是天主教修女的白布帽子。入油锅慢火生炸，炸黄之后再上小型蒸屉猛蒸片刻，立即带屉上桌。馄饨皮软而微韧，有异趣。

# 烧鸭

· 梁实秋

北平烤鸭，名闻中外。在北平不叫烤鸭，叫烧鸭，或烧鸭子，口语中加一"子"字。

《北平风俗杂咏》严辰《忆京都词》十一首，第五首云：

### 忆京都·填鸭冠寰中

烂煮登盘肥且美，加之炮烙制尤工。

此间亦有呼名鸭，骨瘦如柴空打杀。

严辰是浙人，对于北平填鸭之倾倒，可谓情见乎词。

北平苦旱，不是产鸭盛地，唯近在咫尺之通州得运河之便，渠塘交错，特宜畜鸭。佳种皆纯白，野鸭、花鸭则非上选。鸭自通州运到北平，仍需施以填肥手续。以高粱及其他饲料揉搓成圆条状，较

【北京烤鸭】

　人生大事　吃喝二字

一般香肠热狗为粗，长约四寸许。通州的鸭子师傅抓过一只鸭来，夹在两条腿间，使不得动，用手掰开鸭嘴，以粗长的一根根的食料蘸着水硬行塞入。鸭子要叫都叫不出声，只有眨巴眼的份儿。塞进口中之后，用手紧紧地往下捋鸭的脖子，硬把那一根根的东西挤送到鸭的胃里。填进几根之后，眼看着再填就要撑破肚皮，这才松手，把鸭关进一间不见天日的小棚子里。几十上百只鸭关在一起，像沙丁鱼，绝无活动余地，只是尽量给予水喝。这样关了若干天，天天扯出来填，非肥不可，故名"填鸭"。一来鸭子品种好，二来师傅手艺高，所以填鸭为北平所独有。抗战时期在后方有一家餐馆试行填鸭，三分之一死去，没死的虽非骨瘦如柴，也并不很肥，这是我亲眼看到的。鸭一定要肥，肥才嫩。

北平烧鸭，除了专门卖鸭的餐馆如全聚德之外，是由便宜坊（即酱肘子铺）发售的。在馆子里亦可吃烤鸭，例如在福全馆宴客，就可以叫右边邻近的一家便宜坊送了过来。自从宣外的老便宜坊关张以后，要以东城的金鱼胡同口的宝华春为后起之秀，楼下门市，楼上小楼一角最是吃烧鸭的好地方。在家里，打一个电话，宝华春就会派一个小利巴，用保温的铅铁桶送来一只才出炉的烧鸭，油淋淋的，烫手热的。附带着他还管代蒸荷叶饼、葱、酱之类。他在席旁小桌上当众片鸭，手艺不错，讲究片得薄，每一片有皮有油有肉，随后一盘瘦肉，最后是鸭头、鸭尖，大功告成。主人高兴，赏钱两吊，小利巴欢天喜地称谢而去。

填鸭费工费料，后来一般餐馆几乎都卖烧鸭，叫作叉烧烤鸭，连闷炉的设备也省了，就地一堆炭火、一根铁叉就能应市。同时用的是未经填肥的普通鸭子，吹凸了鸭皮晾干一烤，也能烤得焦黄进脆。但是除了皮就是肉，没有黄油，味道当然差得多。有人到北平吃烤鸭，归来盛道其美，我问他好在哪里，他说："有皮，有肉，没有油。"我告诉他："你还没有吃过北平烤鸭。"

所谓一鸭三吃，那是广告噱头。在北平吃烧鸭，照例有一碗滴出来的油，有一副鸭架装。鸭油可以蒸蛋羹，鸭架装可以熬白菜，也可以煮汤打卤。馆子里的鸭架装熬白菜，可能是预先煮好的大锅菜，稀汤寡水，索然寡味。会吃的人要把整个的架装带回家里去煮。这一锅汤，若是加口蘑（不是冬菇，不是香蕈）打卤，卤上再加一勺炸花椒油，吃打卤面，其味之美无与伦比。

# 风檐尝烤肉

·张恨水

有人吃过北平的松柴烤肉吗？现在街头上橙黄橘绿，菊花摊子四处摆着，尝过这异味的人，就会对北平悠然神往。

据传说，松柴烤牛肉，那才是真正的北方大陆风味，吃这种东西，不但是尝那个味，还要领略那个意境。你是个士大夫阶级，当然你无法去领略。就是我在北平作客的二十年，也是最后几年，变了方法去尝的，真正吃烤肉的功架，我也是"仆病未能"。那么，是怎么个情景呢？说出来你会好笑的。

任何一条马路上，有极宽的人行路，这路总在一丈开外，在不妨碍行人的屋檐下，有些地方，是可以摆着浮摊的。这卖烤牛肉的炉灶，就是放置在这种地方。无论这炉灶属于大馆子小馆子或者饭摊儿，布置全是一样。一个高可三尺的圆炉灶，上面罩着一个铁棍罩子，北方人叫着甑（读如赠），将二三尺长的松树柴，塞到甑底下去烧。卖肉的人，将牛羊肉切成像牛皮纸那么薄，巴掌大一块（这就是艺术），用碟儿盛着，放在柜台或摊板上，当太阳黄黄儿的，斜临在街头，西北风在人头上瑟瑟吹过。松火柴在炉灶上吐着红焰，带了缭绕的青烟，横过马路。在下风头远远的嗅到一种烤肉香，于是有这嗜好的人，就情不自禁地会走了过去，叫一声："掌柜的，来两碟！"这里炉子四周，围了四条矮板凳，可不是坐着的，你要坐着，是上洋车坐车踏板，算来上等车了。你走过去，可以将长袍儿大襟一撩，把右脚踏在凳子上。店伙自会把肉送来，放在炉子木架上。另外是一碟葱白，一碗料酒酱油的参合①物。木架上有竹竿做的长棍子，长约一尺五六。你夹起碟子里的肉，向酱油料酒里面一和弄，立刻送到铁甑的火焰上去烤烙。但别忘了放葱白，去掺合着，于是肉气味、葱气味、酱油酒气味、松烟气味，融合一处，铁烙罩上吱吱作响，筷子越翻弄越香。

---

① 今写作"掺和"。

你要是吃烧饼，店伙会给你送一碟火烧来。你要是喝酒，店伙给你送一只杯子，一个三寸高的小锡瓶儿来，那时你左脚站在地上，右脚踏在凳上，右手拿了长筷子在甑上烤肉，左手两指夹了锡瓶嘴儿，向木架子上杯子里斟白干，一筷子熟肉送到口，接着举杯抿上一口酒，那神气就大了。"虽南面王无以易也！"

趣味还不止此，一个甑，同时可以围了六七个人吃。大家全是过路人，谁也不认识谁。可是各人在甑上占一块小地盘烤肉，有个默契的君子协定，互不侵犯。各烤各的，各吃各的。偶然交上一句话："味儿不坏！"于是做个会心的微笑。吃饱了，人喝足了，在店堂里去喝碗小米稀饭，就着盐水疙瘩，或者要个天津萝卜啃，浓腻了之后再来个清淡，其味无穷。另有个笑话，不巧，烤肉时，站在下风头，炉子里松烟，可向脸上直扑，你得时时闪开，去揉擦眼泪水儿。可是一面揉眼睛，一面长筷子夹烤肉，也有的是，那就是趣味嘛！

这样说来，士大夫阶级，当然尝不到这滋味。不，顺直门里烤肉宛家的灰棚里，东安市场东来顺三层楼上，前门外正阳楼院子里，也可以烤肉吃。尤其是烤肉宛家，每到夕阳西下，喝小米稀饭的雅座里，可以搬出二三十件狐皮大衣，自然，那灰棚门口，停着许多漂亮汽车。唉！于今想来，是一场梦。

# 酸梅汤与糖葫芦

·梁实秋

夏天喝酸梅汤，冬天吃糖葫芦，在北平是不分阶级人人都能享受的事。不过东西也有精粗之别。琉璃厂信远斋的酸梅汤与糖葫芦，特别考究，与其他各处或街头小贩所供应者大有不同。

徐凌霄《旧都百话》关于酸梅汤有这样的记载：

> 暑天之冰，以冰梅汤为最流行，大街小巷，干鲜果铺的门口，都可以看见"冰镇梅汤"四字的木檐横额。有的黄底黑字，甚为工致，迎风招展，好似酒家的帘子一样，使过往的热人，望梅止渴，富于吸引力。昔年京朝大老，贵客雅流，有闲工夫，常常要到琉璃厂逛逛书铺，品品古董，考考版本，消磨长昼。天热口干，辄以信远斋梅汤为解渴之需。

山楂　　　　　乌梅

桂花

洛神花

桑葚

甘草

玫瑰

陈皮

　　信远斋铺面很小，只有两间小小门面，临街是旧式玻璃门窗，拂拭得一尘不染，门楣上一块黑漆金字匾额，铺内清洁简单，地道的北平式装修。进门右手方有一黑漆大木桶，里面有一大白瓷罐，罐外周围全是碎冰，罐里是酸梅汤，所以名为"冰镇"。北平的冰是从什刹海或护城河挖取藏在窖内的，冰块里可以看见草皮、木屑，泥沙秽物更不能免，是不能放在饮料里喝的。什刹海会贤堂的名件"冰碗"，莲蓬、桃仁、杏仁、菱角、藕都放在冰块上，食客不嫌其脏，真是不可思议。有人甚至把冰块放在酸梅汤里！信远斋的冰镇就高明多了。因为桶大、罐小、冰多，喝起来凉沁脾胃。它的酸梅汤的成功秘诀，是冰糖多、梅汁稠、水少，所以味浓而酽。上口冰凉，甜酸适度，含在嘴里如品纯醪，舍不得下咽。很少人能站在那里喝那一小碗而不再喝一碗的。抗战胜利还乡，我带孩子们到信远斋，我准许他们能喝多少碗都可以。他们连尽七碗方始罢休。我每次去喝，不是为解渴，是为解馋。我不知道为什么没有人动脑筋把信远斋的酸梅汤制为罐头行销各地，而任"可口可乐"到处猖狂。

信远斋也卖酸梅卤、酸梅糕。卤冲水可以制酸梅汤，但是无论如何不能像站在那木桶旁边细啜那样有味。我自己在家也曾试做，在药铺买了乌梅，在干果铺买了大块冰糖，不惜工本，仍难如愿。信远斋掌柜姓萧，一团和气，我曾问他何以仿制不成，他回答得很妙："请您过来喝，别自己费事了。"

　　信远斋也卖蜜饯、冰糖子儿、糖葫芦。以糖葫芦为最出色。北平糖葫芦分三种。一种用麦芽糖，北平话是"糖稀"，可以做大串山里红的糖葫芦，可以长达五尺多，这种大糖葫芦，新年厂甸卖得最多。麦芽糖裹水杏儿（没长大的绿杏），很好吃，做糖葫芦就不见佳，尤其是山里红常是烂的或是带虫子屎。另一种用白糖和了粘上去，冷了之后白汪汪的一层霜，另有风味。正宗的冰糖葫芦，薄薄一层糖，透明雪亮。材料种类甚多，诸如海棠、

【酸梅汤】

　人生大事　吃喝二字

【糖霜山里红】

山药、山药豆、杏干、葡萄、橘子、荸荠、核桃，但是以山里红为正宗。山里红，即山楂，北地盛产，味酸，裹糖则极可口。一般的糖葫芦皆用半尺来长的竹签，街头小贩所售，多染尘沙，而且品质粗劣。东安市场所售较为高级。但仍以信远斋所制为最精，不用竹签，每一颗山里红或海棠均单个独立，所用之果皆硕大无疵，而且干净，放在垫了油纸的纸盒中由客携去。

离开北平就没吃过糖葫芦，实在想念。近有客自北平来，说起糖葫芦，据称在北平这种不属于任何一个阶级的食物几已绝迹。他说我们在台湾自己家里也未尝不可试做，台湾虽无山里红，其他水果种类不少，蘸了冰糖汁，放在一块涂了油的玻璃板上，送入冰箱冷冻，岂不即可等自大嚼？他说他制成之后将邀我共尝，但是迄今尚无下文，不知结果如何。

# 北平的零食小贩

·梁实秋

北平人馋。馋，据字典说是"贪食也"，其实不只是贪食，是贪食各种美味之食。美味当前，固然馋涎欲滴，即使闲来无事，馋虫亦在咽喉中抓挠，迫切地需要一点什么以膏馋吻。三餐时固然希望膏粱罗列，任我下箸，三餐以外的时间也一样的想馋嚼，以锻炼其咀嚼筋。看鹭鸶的长颈都有一点羡慕，因为颈长可以享受更多的徐徐下咽之感，此谓之馋，"馋"字在外国语中无适当的字可以代替，所以讲到馋，真"不足为外人道"。有人说北平人之所以特别馋，是因为当年的八旗子弟游手好闲的太多，闲就要生事，在吃上打主意自然也是可以理解的。所以各式各样的零食小贩便应运而生，自晨至夜逡巡于大街小巷之中。

北平小贩的吆喝声是很特殊的。我不知道这与平剧有无关系，其抑扬顿挫，变化颇多，有的豪放如唱大花脸，有的沉闷如黑头，又有的清脆如生旦，在白昼给浩浩欲沸的市声平添不少情趣，在夜晚又给寂静的夜带来一些凄凉。细听小贩的呼声，则有直譬，有隐喻，有时竟像谜语一般地耐人寻味，而且他们的吆喝声，数十年如一日，不曾有过改变。我如今闭目沉思，北平零食小贩的呼声俨然在耳，一个个的如在目前。现在让我就记忆所及，细细数说。

首先让我提起"豆汁"。绿豆渣发酵后煮成稀汤，是为豆汁，淡草绿色而又微黄，味酸而又带一点霉味，稠稠的，混混的，热热的。佐以辣咸菜，即"棺材板"切细丝，加芹菜梗、辣椒丝或末。有时亦备较高级之酱菜，如酱萝卜、酱黄瓜之类，但反不如辣咸菜之可口。午后啜三两碗，愈吃愈辣，愈辣愈喝，愈喝愈热，终至大汗淋漓，舌尖麻木而止。北平城里人没有不嗜豆汁者，但一出城则豆渣只有喂猪的份，乡下人没有喝豆汁的。外省人居住北平三二十年往往不能养成喝豆汁的习惯。能喝豆汁的人才算是真正的北平人。

其次是"灌肠"。后门桥头那一家的大灌肠，是真的猪肠做的，遐迩驰名，但嫌油腻。小贩的灌肠虽有肠之名，实则并非是肠，仅具肠形，一条条的以苁粉为主所做成的橛子，切成不规则形的小片，放在平底大油锅上煎炸，炸得焦焦的，蘸蒜盐汁吃。据说那油不是普通油，是从作坊里马肉等熬出来的油，所以有这一种怪味。单闻那种油味，能把人恶心死，但炸出来的灌肠，喷香！

从下午起有沿街叫卖"面筋哟"者，你喊他时须喊"卖熏鱼儿的！"他来到你的门口打开他的背盒由你拣选时却主要的是猪头肉。除猪头肉的脸子、双皮、口条之外还有脑子、肝、肠、苦肠、心头、蹄筋，等等，外带着别有风味的干硬的火烧。刀口上手艺非凡，从夹板缝里抽出一把飞薄的刀，横着削切，把猪头肉切得其薄如纸，塞在那火烧里食之，熏味扑鼻！这种卤味好像不能登大雅之堂，但是在煨煮熏制中有特殊的风味，离开北平便尝不到。

薄暮后有叫卖羊头肉者，刀板器皿刷洗得一尘不染，切羊脸子是他的拿手，切得真薄，从一只牛角里撒出一些特制的胡盐。北平的羊好，有浓厚的羊味，可又没有浓厚到膻的地步。

【炸丸子】

也有推着车子卖"烧羊脖子烧羊肉"的。烧羊肉是经过煮和炸两道手续的,除肉之外还有肚子和卤汤。在夏天佐以黄瓜、大蒜,是最好的下面之物。推车卖的不及街上羊肉铺所发售的,但慰情聊胜于无。

北平的"豆腐脑",异于川湘的豆花,是哆里哆嗦的软嫩豆腐,上面浇一勺卤,再加蒜泥。

"老豆腐"另是一种东西,是把豆腐煮出了蜂巢,加芝麻酱、韭菜末、辣椒等佐料,热乎乎的连吃带喝亦颇有味。

北平人做的"烫面饺"不算一回事，真是举重若轻、咄嗟立办。你喊三十饺子，不大的工夫就给你端上来了，一个个包得细长齐整、又俊又俏。

斜尖的炸豆腐，在花椒盐水里煮得泡泡的，有时再羼进几个粉丝做的炸丸子，放进一点辣椒酱，也算是一味很普通的零食。

馄饨何处无之？北平挑担卖馄饨的却有他的特点。馄饨本身没有什么异样，由筷子头拨一点肉馅，往三角皮子上一抹就是一个馄饨。特殊的是那一锅肉骨头熬的汤别有滋味，谁家也不会把那么多的烂骨头煮那么久。

一清早卖点心的很多，最普通的是烧饼、油鬼。北平的烧饼主要有四种：芝麻酱烧饼、螺丝转、马蹄、驴蹄，各有千秋。芝麻酱烧饼，外省仿造者都不像样，不是太薄就是太厚，不是太大就是太小，总是不够标准。螺丝转儿最好是和"甜浆粥"一起用，要夹小圆圈油鬼。马蹄儿只有薄薄的两层皮，宜加圆泡的甜油鬼。驴蹄儿又小又厚，不要油鬼做伴。北平油鬼，不叫油条，因为根本不做长条状，主要的只有两种，四个圆泡连在一起的是甜油鬼，小圆圈的油鬼是咸的，炸得特焦，夹在烧饼里，一按咔嚓一声。离开北平的人没有不想念那种油鬼的。外省的油条，虚泡囊肿，不够味，要求炸焦一点也不行。

"面茶"在别处没见过。真正的一锅糨糊，炒面熬的，盛在碗里之后，在上面用筷子蘸着芝麻酱撒满一层，唯恐撒得太多似的。味道好么？至少是很怪。

卖"三角馒头"的永远是山东老乡。打开蒸笼布，热腾腾的各样蒸食，如糖三角、混糖馒头、豆沙包、蒸饼、红枣蒸饼、高庄馒头，听你拣选。

"杏仁茶"是北平的好，因为杏仁出在北方，提味的是那少数几颗苦杏仁。

豆类做出的吃食可多了，首先要提"豌豆糕"。小孩子一听打糖锣的声音很少不怦然心动的。卖豌豆糕的人有一把手艺，他会把一块豌豆泥捏成各式各样的东西，他可以听你的吩咐捏一把茶壶，壶盖、壶把、壶嘴俱全，中间灌上黑糖水，还可以一杯一杯地往外倒。规模大一点的是荷花盆，真有花

【豌豆黄】

有叶，盆里灌黑糖水。最简单的是用模型翻制小饼，用芝麻做馅。后来还有"仿膳"的伙计出来做这一行生意，善用豌豆泥制各式各样的点心，大八件、小八件，什么卷酥喇嘛糕、枣泥饼花糕，五颜六色，应有尽有，惟妙惟肖。

"豌豆黄"之下街卖者是粗的一种，制时未去皮，加红枣，切成三尖形矗立在案板上。实际上比铺子卖的较细的放在纸盒里的那种要有味得多。

"热芸豆"有红白二种，普通的吃法是用一块布挤成一个豆饼，可甜可咸。

"烂蚕豆"是俟蚕豆发芽后加五香、大料煮成，烂到一挤即出。

"铁蚕豆"是把蚕豆炒熟，其干硬似铁。牙齿不牢者不敢轻试，但亦有酥皮者，较易嚼。

夏季雨后，照例有小孩提着竹篮，赤足蹚水而高呼"干香豌豆"，咸滋滋的也很好吃。

"豆腐丝"，粗糙如豆腐渣，但有人拌葱卷饼而食之。

"豆渣糕"是芸豆泥做的，作圆球形，蒸食，售者以竹筷插之，一插即是两颗，加糖及黑糖水食之。

"甑儿糕"，是米面填木碗中蒸之，咝咝作响，顷刻而熟。

"江米藕"是老藕孔中填糯米，煮熟切片加糖而食之。挑子周围经常环绕着馋涎欲滴的小孩子。

北平的"酪"是一项特产，用牛奶凝冻而成，夏日用冰镇，凉香可口，讲究一点的酪在酪铺发售，沿街贩卖者亦不恶。

"白薯"（即南人所谓"红薯"），有三种吃法，初秋街上喊"栗子味儿的"者是干煮白薯，细细小小的，一根根地放在车上卖。稍后喊"锅底儿热和"者为带汁的煮白薯，块头较大，亦较甜。此外是烤白薯。

"老玉米"（即玉蜀黍）初上市时，也有煮熟了在街上卖的。对于城市中人，这也是一种新鲜滋味。

沿街卖的"粽子"，包得又小又俏，有加枣的，有不加枣的，摆在盘子里齐整可爱。

北平没有汤圆，只有"元宵"，到了元宵节，街上有叫卖煮元宵的。袁世凯称帝时，曾一度禁称元宵，因与"袁消"二字音同，改称汤圆，可噱也。

糯米团子加豆沙馅，名曰"爱窝"或"爱窝窝"。

黄米面做的"切糕"，有加红豆的，有加红枣的，卖时切成斜块，插以竹签。

菱角是小的好，所以北平小贩卖的是小菱角，有生有熟，用剪去刺，当中剪开。很少卖大的红菱者。

"老鸡头"即芡实。生者为刺囊状，内含芡实数十颗，熟者则为圆硬粒，须敲碎食其核仁。

供儿童以糖果的，从前是"打糖锣的"，后又有卖"梨糕"的，此外如"吹糖人的"、卖"糖杂面的"，都经常徘徊于街头巷尾。

"爬糕""凉粉"都是夏季平民食物，又酸又辣。

"驴肉"，听起来怪骇人的，其实切成大片瘦肉，也很好吃。是否有骆驼肉、马肉混在其中，我不敢说。

担着大铜茶壶满街跑的是卖"茶汤"的，用开水一冲，即可调成一碗茶汤，和铺子里的八宝茶汤或牛髓茶固不能比，但亦颇有味。

"油炸花生仁"是用马油炸的，特别酥脆。

北平"酸梅汤"之所以特别好，是因为使用冰糖，并加玫瑰、木樨、桂花之类。信远斋的最合标准，沿街叫卖的便徒有其名了，而且加上天然冰亦颇有碍卫生。卖酸梅汤的普通兼带"玻璃粉"及小瓶用玻璃球做盖的汽水。"果子干"也是重要的一项副业，用杏干、柿饼、鲜藕煮成。"玫瑰枣"也很好吃。

冬天卖"糖葫芦"，裹麦芽糖或糖稀的不太好，蘸冰糖的才好吃。各种原料皆可制糖葫芦，唯以"山里红"为正宗。其他如海棠、山药、山药豆、杏干、核桃、荸荠、橘子、葡萄、金橘等均佳。

北地苦寒，冬夜特别寂静，令人难忘的是那卖"水萝卜"的声音，"萝卜——赛梨——辣了换！"那红绿萝卜，多汁而甘脆，切得又好，对于北方煨在火炉旁边的人特别有沁人脾胃之效。这等萝卜，别处没有。

有一种内空而瘪小的花生，大概是拣选出来的不够标准的花生，炒焦了之后，其味特香，远在白胖的花生之上，名曰"抓空儿"，亦冬夜的一种点缀。

夜深时往往听到沉闷而迟缓的"硬面饽饽"声，有光头、凸盖、镯子等，亦可充饥。

水果类则四季不绝地应世，诸如：三白的大西瓜、蛤蟆酥、羊角蜜、老头儿乐、鸭儿梨、小白梨、肖梨、糖梨、烂酸梨、沙果、苹果、虎拉车、杏、桃、李、山里红、柿子、黑枣、嘎嘎枣、老虎眼大酸枣、荸荠、海棠、葡萄、莲蓬、藕、樱桃、桑葚、槟子……不可胜举，都在沿门求售。

以上约略举说，只就记忆所及，挂漏必多。而且数十年来，北平也正在变动，有些小贩由式微而没落，也有些新的应运而生，比我长一辈的人所见所闻可能比我要丰富些，比我年轻的人可能遇到一些较新鲜而失去北平特色的事物。总而言之，北平是在向新颖而庸俗方面变，在零食小贩上即可窥见一斑。如今呢，胡尘涨宇，面目全非，这些小贩，还能保存一二与否，恐怕在不可知之数了。但愿我的回忆不是永远地成为回忆！

　人生大事　吃喝二字

# 栗子

·梁实秋

栗子以良乡的为最有名。良乡县在河北，北平的西南方，平汉铁路线上。其地盛产栗子。然栗树北方到处皆有，固不必限于良乡。

我家住在北平大取灯胡同的时候，小园中亦有栗树一株，初仅丈许，不数年高二丈以上，结实累累。果苞若刺猬，若老鸡头，遍体芒刺，内含栗两三颗。熟时不摘取则自行坠落，苞破而栗出。捣碎果苞取栗，有浆液外流，可做染料。后来我在崂山上看见过巨大的栗子树，高三丈以上，果苞落下狼藉满地，无人理会。

在北平，每年秋节过后，大街上几乎每一家干果子铺门外都支起一个大铁锅，翘起短短的一截烟囱，一个小利巴挥动大铁铲，翻炒栗子。不是干炒，是用沙炒，加上糖使沙结成大大小小的粒，所以叫作糖炒栗子。烟煤的黑烟扩散，哗啦哗啦的翻炒声，间或有栗子的爆炸声，织成一片好热闹的晚秋初冬的景致。孩子们没有不爱吃栗子的，几个铜板买一包，草纸包起，用麻茎儿捆上，热乎乎的，有时简直是烫手热，拿回家去一时舍不得吃完，藏在被窝垛里保温。

煮咸水栗子是另一种吃法。在栗子上切十字形裂口，在锅里煮，加盐。栗子是甜滋滋的，加上咸，别有风味。煮时不妨加些八角之类的香料。冷食热食均佳。

但是最妙的是以栗子做点心。北平西车站食堂是有名的西餐馆。所制"奶油栗子面儿"或称"奶油栗子粉"实在是一绝。栗子磨成粉，就好像花

【糖炒栗子】

生粉一样，干松松的，上面浇大量奶油。所谓奶油就是打搅过的奶油（whipped cream）。用小勺取食，味妙无穷。奶油要新鲜，打搅要适度，打得不够稠自然不好吃，打过了头却又稀释了。东安市场的中兴茶楼和国强西点铺后来也仿制，工料不够水准，稍形逊色。北海仿膳之栗子面小窝头，我吃不出栗子味。

杭州西湖烟霞岭下翁家山的桂花是出名的，尤其是满家弄，不但桂花特别的香，而且桂花盛时栗子正熟，桂花煮栗子成了路边小店的无上佳品。徐志摩告诉我，每值秋后必去访桂，吃一碗煮栗子，认为是一大享受。有一年他去了，桂花被雨摧残净尽，他感而写了一首诗《这年头活着不易》。

十几年前在西雅图海滨市场闲逛，出得门来忽闻异香，遥见一意大利人推小车卖炒栗。论个卖——五角钱一个，我们一家六口就买了六颗，坐在车里分而尝之。如今我们这里到冬天也有小贩卖"良乡栗子"了。韩国进口的栗子大而无当，并且糊皮，不足取。

【栗子糕】

# 南北的点心

周作人

中国地大物博，风俗与土产随地各有不同，因为一直缺少人记录，有许多值得也是应该知道的事物，我们至今不能知道清楚，特别是关于衣食住的事项。我这里只就点心这个题目，依据浅陋所知，来说几句话，希望抛砖引玉，有旅行既广，游历又多的同志们，从各方面来报道出来，对于爱乡爱国的教育，或者也不无小补吧。

我是浙江东部人，可是在北京住了将近四十年，因此南腔北调，对于南北情形都知道一点，却没有深厚的了解。据我的观察来说，中国南北两路的点心，根本性质上有一个很大的区别。简单地下一句断语，北方的点心是常食的性质，南方的则是闲食。我们只看北京人家做饺子馄饨面总是十分茁实，馅决不考究，面用芝麻酱拌，最好也只是炸酱；馒头全是实心。本来是代饭用的，只要吃饱就好，所以并不求精。若是回过来走到东安市场，往五芳斋去叫了来吃，尽管是同样名称，做法便大不一样，别说蟹黄包子，鸡肉馄饨，就是一碗三鲜汤面，也是精细鲜美的。可是有一层，这绝不可能吃饱当饭，一则因为价钱比较贵，二则昔时无此习惯。

抗战以后上海也有阳春面，可以当饭了，但那是新时代的产物，在老辈看来，是不大可以为训的。我母亲如果在世，已有一百岁了，她生前便是绝对不承认点心可以当饭的，有时生点小毛病，不喜吃大米饭，遂叫家里做点馄饨或面来充饥，即使一天里仍然吃过三回，她却总说今天胃口不开，因为吃不下饭去，因此可以证明那馄饨和面都不能算是饭。这种论断，虽然有点儿近于武断，但也可以说是有客观的佐证，因为南方的点心是闲食，做法也是趋于精细鲜美，不取茁实一路的。上文五芳斋固然是很好的例子，我还可以再举出南方做烙饼的方法来，更为具体，也有意思。

我们故乡是在钱塘江的东岸，那里不常吃面食，可是有烙饼这物事。这里要注意的，是烙不读作者字音，乃是"洛"字入声，又名为山东饼，这证明原来是模仿大饼而作的，但是烙法却大不相同了，乡间卖馄饨面和馒头都分别有专门的店铺，唯独这烙饼只有摊，而且也不是每天都有，这要等待哪里有社戏，才有几个摆在戏台附近，供看戏的人买吃，价格是每个制钱三文，计油条价二文，葱酱和饼只要一文罢了。做法是先将原本两折的油条扯开，改作三折，在熬盘上烤焦，同时在预先做好

〔炸油条〕

的直径约二寸，厚约一分的圆饼上，满搽红酱和辣酱，撒上葱花，卷在油条外面，再烤一下，就做成了。它的特色是油条加葱酱烤过，香辣好吃，那所谓饼只是包裹油条的东西，乃是客而非主，拿来与北方原来的大饼相比，厚大如茶盘，卷上黄酱与大葱，大嚼一张，可供一饱，这里便显出很大的不同来了。

上边所说的点心偏于面食一方面，这在北方本来不算是闲食吧。此外还有一类干点心，北京称为饽饽，这才当作闲食，大概与南方并无什么差别。但是这里也有一点不同，据我的考察，北方的点心历史古，南方的历史新，古者可能还有唐宋遗制，新的只是明朝中叶吧。点心铺招牌上有常用的两句话，我想借来用在这里，似乎也还适当，北方可以称为"官礼茶食"，南方则是"嘉湖细点"。

我们这里且来作一点烦琐的考证，可以多少明白这时代的先后。查清顾张思的《土风录》卷六，"点心"条下云：小食曰点心，见《吴曾漫录》。唐郑傪为江淮留后，家人备夫人晨馔，夫人谓其弟曰："治妆未毕，我未及餐，尔且可点心。"俄而女仆请备夫人点心，傪诟曰："适已点心，今何得又请！"由此可知点心古时即是晨馔。同书又引周辉《北辕录》云："洗漱冠栉毕，点心已至。"后文说明点心中馒头、馄饨、包子等，可知说的是水点心，在唐朝已有此名了。茶食一名，据《土风录》云："干点心曰茶食，见宇文懋昭《金志》：'婿先期拜门，以酒馔往，酒三行，进大软脂小软脂，如中国寒具，又进蜜糕，人各一盘，曰茶食。'"《北辕录》云："金国宴南使，未行酒，先设茶筵，进茶一盏，谓之茶食。"茶食是喝茶时所吃的，与小食不同，大软脂，大抵有如蜜麻花，蜜糕则明系蜜饯之类了。从文献上看来，点心与茶食两者原有区别，性质也就不同，但是后来早已混同了。本文中也就混用，那招牌上的话也只是利用现代文句，茶食与细点作同意语看，用不着再分析了。

我初到北京来的时候，随便在饽饽铺买点东西吃，觉得不大满意，曾经埋怨过这个古都市，积聚了千年以上的文化历史，怎么没有做出些好吃的点心来。老实说，北京的大八件小八件，尽管名称不同，吃起来不免单调，正和五芳斋的前例一样，东安市场内的稻香春所做的南式茶食，并不齐备，但比起来也显得花样要多些了。过去时代，皇帝在京里，他的享受当然是很豪华的，却也并不曾创造出什么来，北海公园内旧有"仿膳"，是前清御膳房的做法，所做小点心，看来也是平常，只是做得小巧一点而已。南方茶食中有些东西，是小时候熟悉的，在北京都没有，也就感觉不满足，例如糖类的酥糖、麻片糖、寸金糖，片类的云片糕、椒桃片、松仁片，软糕类的松子糕、枣子糕、蜜仁糕、桔红糕等。此外有缠类，如松仁缠、核桃缠，乃是在果上包糖，算是上品茶食，其实倒并不怎么好吃。南北点心粗细不同，我早已注意到了，但这是怎么一个系统，为什么有这差异？那我也没有法子去查考，因为孤陋寡闻，而且关于点心的文献，实在也不知道有什么书籍。但是事有凑巧，不记得是哪一年，或者什么原因了，总之见到几件北京的旧式点心，平常不大碰见，样式有点别致的，这使我忽然大悟，心想这岂不是在故乡见惯的"官礼茶食"么？故乡旧式结婚后，照例要给亲戚本家分"喜果"，一种是干果，即核桃、枣子、松子、榛子，讲究的加荔枝、桂圆。又一种是干点心，记不清它的名字。查范寅《越谚》饮食门下，记有金枣和珑缠豆两种，此外我还记得有佛手酥、菊花酥和蛋黄酥等三种。这种东西，平时不通销，店铺里也不常备，要结婚人家订购才有，样子虽然不差，但材料不大考究，即使是可以吃得的佛手酥，也总不及红绫饼或梁湖月饼，所以喜果送来，只供小孩们胡乱吃一阵，大人是不去染指的。可是这类喜果却大抵与北京的一样，而且结婚时节非得使用不可。云片糕等虽是比较要好，却是决不使用的。这是什么理由？这一类点心是中国旧有的，历代相承，使用于结婚仪式。一方面时势转变，点心上产生了新品种，然而一切仪式都是守旧的，不轻易容许改变，因此即使是送人的喜果，也有一定的规矩，要定做现今市上不通行了的物品来使用。同是一类茶食，在甲地尚在通行，在乙地已出了新的品种，只留着用于"官礼"，这便是南北点心情形不同的原因了。

上文只说得"官礼茶食"，是旧式的点心，至今流传于北方。至于南方点心的来源，那还得另行说明。"嘉湖细点"这四个字，本是招牌和仿单上的口头禅，现在正好借用过来，说明细点的起源。因为据我的了解，那时期当为前明中叶，而地点则是东吴西浙，嘉兴湖州正是代表地方。我没有文书上的资料，来证明那时吴中饮食丰盛奢华的情形，但以近代苏州饮食风靡南方的事情来作比，这里有点类似。明朝自永乐以来，政府虽是设在北京，但文化中心一直还是在江南一带。那里官绅富豪生活奢侈，茶食一类也就发达起来。就是水点心，在北方作为常食的，也改作得特别精美，成为以赏味为目的的闲食了。这南北两样的区别，在点心上存在得很久，这里固然有风俗习惯的关系，一时不易改变；但在"百花齐放"的今日，这至少该得有一种进展了吧。其实这区别不在于质而只是量的问题，换一句话即是做法的一点不同而已，我们前面说过，家庭的鸡蛋炸酱面与五芳斋的三鲜汤面，固然是一例。此外则有大块粗制的窝窝头，与"仿膳"

的一碟十个的小窝窝头，也正是一样的变化。北京市上有一种爱窝窝，以江米煮饭捣烂（即是糍粑）为皮，中裹糖馅，如元宵大小。李光庭在《乡言解颐》中说明它的起源云：相传明世中官有嗜之者，因名御爱窝窝，今但曰爱而已。这里便是一个例证，在明清两朝里，窝窝头一件食品，便发生了两个变化了。本来常食闲食，都有一定习惯，不易轻轻更变，在各处都一样是闲食的干点心则无妨改良一点做法，做得比较精美，在人民生活水平日益提高的现在，这也未始不是切合实际的事情吧。国内各地方，都富有不少有特色的点心，就只因为地域所限，外边人不能知道，我希望将来不但有人多多报道，而且还同土产果品一样，陆续输到外边来，增加人民的口福。

半日浮闲
慢食三餐

肆

山居多佳趣，每日素斋有新砍之笋，

味绝鲜美，盍来共尝？

南方人很少像我那么爱吃面吧？三百六十五日，天天食之，也不厌，名副其实的一个面痴。

面分多种，喜欢的程度有别，从顺序算来，我认为第一是广东又细又爽的云吞面条，第二是福建油面，第三是兰州拉面，第四是上海面，第五是日本拉面，第六是意大利面，第七是韩国番薯面。而日本人最爱的荞麦面，我最讨厌。

一下子不能聊那么多种，集中精神谈吃法，最大的分为汤面和干面。两种来选，我还是喜欢后者。一向认为面条一浸在汤中，就逊色得多；干捞来吃，下点猪油和酱油，最原汁原味了。面渌熟了捞起来，加配料和不同的酱汁，搅匀之，就是拌面了，捞面和拌面，皆为我最喜欢的吃法。

广东的捞面，什么配料也没有，只有几条最基本的姜丝和葱丝，称为姜葱捞面，我最常吃。接下

【京面】

来豪华一点，有点叉烧片或叉烧丝，也喜欢。捞面变化诸多，以柱侯酱（佛山特产）的牛腩捞面、甜面酱和猪肉的京都炸酱面为代表，其他有猪手捞面、鱼蛋牛丸捞面、牛百叶捞面等，数之不清。

有些人吃捞面的时候，吩咐说要粗面，我反过来要叮咛，给我一碟细面。广东人做的细面是用面粉和鸭蛋搓捏，又加点碱水，制面者以一竿粗竹，在面团上压了又压，才够弹性，用的是阴柔之力，和机器打出来的不同。碱水有股味道，讨厌的人说成是尿味，但像我这种喜欢的，面不加碱水就觉得不好吃，所以爱吃广东云吞面的人，多数也会接受日本拉面的，两者都下了碱水。

北方人的凉面和拌面，基本上像捞面。虽然他们的面条不加碱水，缺乏弹性，又不加鸡蛋，本身无味，但经酱汁和配料调和，味道也不错。最普通的是麻酱凉面，面条渌熟后垫底，上面铺黄瓜丝、胡萝卜丝、豆芽，再淋芝麻酱、酱油、醋、糖及麻油，最后还要撒上芝麻当点缀。把配料和面条拌了起来，夏天吃，的确美味。

日本人把这道凉面学了过去，面条用他们的拉面，配料略同，添多点西洋火腿丝和鸡蛋，加大量的醋和糖，酸味和甜味很重，吃时还要加黄色芥末调拌，我也喜欢。

初尝北方炸酱面，即刻爱上。当年是在韩国吃的，那里的华侨开的餐厅都卖炸酱面，叫了一碗就从厨房传来砰砰的拉面声，拉长渌后在面上下点洋葱和青瓜，以及大量的山东面酱，就此而已。当今物资丰富，其他地方的炸酱面加了海参角和肉碎肉臊等，但都没有那种原始炸酱面好吃，此面也分热的和冷的，基本上是没汤的拌面。

四川的担担面我也中意，我在南洋长大，吃辣没问题，担担面应该是辣的，传到其他各地像把它阉了，缺少了强烈的辣，只下大量的花生酱，就没那么好吃。每一家人做的都不同，有汤的和没汤的，我认为干捞拌面的担担面才是正宗，不知说得对不对。

意大利的所谓意粉，那个粉字应该是面才对。他们的拌面煮得半生不熟，要有咬头才算合格。到了意大利当然学他们那么吃，可是在外地做就别那么虐待自己，面条煮到你认为喜欢的软熟度便可。天使面最像广东细面，酱汁较易入味。

最好的是用一块大庞马山芝士，像餐厅厨房中的那块又圆又大又厚的砧板，中间的芝士被刨去作其他用途，凹了进去，把面漉好，放进芝士中，乱捞乱拌，弄出来的面非常好吃。

至于韩国的冷面，分两种，一是浸在汤水之中，加冰块的番薯面，上面也铺了几片牛肉和青瓜，没什么味道，只有韩国人特别喜爱，他们还说朝鲜的冷面比韩国的更好吃。我喜欢的是他们的捞面，用辣椒酱来拌，也下很多花生酱，香香辣辣，刺激得很，吃过才知好，会上瘾的。

南洋人喜欢的，是黄颜色的粗油面，也有和香港云吞面一样的细面，但味道不同，自成一格。马来西亚人做的捞面下黑漆漆的酱油，本身非常美味，但近年来模仿香港面条，愈学愈糟糕，样子和味道都不像，反而难吃。

我不但喜欢吃面，连关于面食的书也买，一本不漏，最近购入一本程安琪写的《凉面与拌面》，内容分中式风味、日式风味、韩式风味、意式风味和南洋风味。最后一部分，把南洋人做的凉拌海鲜面、椰汁咖喱鸡拌面、酸辣拌面、牛肉拌粿条等也写了进去，实在可笑。

天气热，各地都推出凉面，作者以为南洋人也吃，岂不知南洋虽热，但所有小吃都是热的，除了红豆冰，冷的东西是不去碰的。而天冷的地方，像韩国，冷面也是冬天吃的，坐在热烘烘的炕上，全身滚热，来一碗凉面，吞进胃，听到嗞的一声，好不舒服。但像我这种面痴，只要有面吃就行，哪管在冬天夏天呢。

# 咖喱宴菜单及菜谱

蔡澜

我的好友刘幼林（Bob Liu），最喜欢说的故事，是我到他家中烧菜，一煮就煮出十道不同的咖喱来。

那是数十年前的事了。他当年住在东京原宿，角落头的大厦，楼下是间西装店，我常到他家做客。他首任太太叫贝拉，是位"中华航空"的空姐，纯中国人，但样子像混血儿，身材高大，美艳动人。她说她最爱吃咖喱了，我又约了一个日本红歌星女友，趁机大为表演一番。

没下过厨的人，总以为咖喱很难炮制，其实最简单不过，只要失败过两三次，一定做得好。

咖喱有几个基本的步骤，那就是先下油，把切碎的洋葱爆一爆。其他菜下猪油才香，咖喱却忌猪油，用植物油好了，粟米油、橄榄油都行，甚至用椰油，就是不能下猪油，牛油也尽量避免，因为咖喱不是以油香取胜的。

洋葱一个或两个三个，看咖喱的分量而定，咖喱的甜味，基本上靠洋葱。香港著名的咖喱店外，常见一大袋一大袋的洋葱，可见用的分量极多。不可弄得太碎，先把洋葱头尾切去，开半，把扁平的一方朝下，再直切或横切都行，不必太薄，指甲的长度分成三片即可。

烧热镬，下油，见油起烟，放洋葱，炒至金黄，香味喷出时就可以加咖喱粉或咖喱酱了。香港的香料店或杂货店里，一般卖的都是印度咖喱粉。如果用的都是同一样粉，就做不出十种咖喱来。基本上咖喱的原料只有几种，想要新鲜香甜的风味，用的是小豆蔻、肉桂、丁香和生姜；浓味的可选择姜黄和芫荽籽。我们认为的"印度味"，那是加了孜然而产生的。

把印度咖喱粉加进洋葱中一块炒，再下鸡肉拌匀炒香，最后注入清水，煮个半小时，第一道咖喱鸡就能上桌了。

【咖喱春卷】

第二道来点小食，以碎肉代替鸡，咖喱粉下得浓一点，炒后用薄馅皮包卷，再炸，就是咖喱春卷。

咖喱牛肉用南洋煮法。所谓的南洋咖喱，包括了马来西亚和印度尼西亚的，主要原料和印度咖喱相同，但是去掉了孜然，而不用清水，以椰浆熬之。牛肉不可先煮软切块再放入咖喱中加热，这是香港咖喱餐厅的方法，以求方便，但这么一来咖喱归咖喱，肉归肉，二者不结合，味逊也。牛肉一定要和咖喱汁一块炆至软熟才行；用了椰浆，比印度咖喱更为惹味，这是第三道。

第四道的咖喱虾，用泰国方式烧出来。泰国咖喱辛辣，下的是指天椒碎，我把它放在一旁，让愈吃愈嗜辣的人自己加。泰国咖喱为了中和辣味，也多下点糖，用了大量的香茅、高良姜和橙叶，烧出来的味道与印度或南洋咖喱截然不同。

第五道是咖喱鱼头了。最难做，因为刘幼林家里没有巨大的镬。也罢，用沸水淋之，去其腥味，再用咖喱粉放进大汤锅来煮，同时下叫作"淑女手指"的羊角豆，让它把咖喱汁吸进种子之中，咬破了有鱼子酱一般的口感。

【咖喱虾】

本来要炒咖喱蟹的，但觉得太过平凡，想起在印度海边小镇 Goa 吃过的一道蟹菜，即刻依样画葫芦。那是把螃蟹蒸熟，拆下肉来备用。另边厢，去掉孜然，只用姜黄、肉桂和芫荽籽，再加藏红花染色，蟹肉煮得鲜红，搅成一大团，用匙羹舀来吃，味道马上与几道菜完全不一样，无不赞好。这是第六道菜。

第七道菜分量不能太多，也不可再有肉类，就用高丽菜，广东人叫的椰菜来煮椰浆，放几片咖喱叶、丹桂树叶和众香子（Allspice）去串味儿。

这时可以来饭了，用姜黄、孜然芹、小豆蔻和丁香混合的粉煸炒洋葱；另外把印度野米洗净，倒入油锅中加盐去炒，再下香料，加水，盖上锅盖，慢煮个十五分钟，最后下几粒葡萄干拌之。咖喱饭是第八道。

第九道菜，用龙虾裹了粉炸成。"简直是天妇罗嘛。"女友问，"怎能叫成咖喱菜？""你先点一点酱。"我说。"那是黄芥末呀！""试过才知。"那碟像黄芥末的黄色酱料，与芥末完全无关，是用最普通的蛋黄酱混了咖喱粉拌成。"这是第九道咖喱菜。"我宣布。

"最后一道菜是什么？不会做咖喱甜品吧？"刘太太迫不及待地问。"说得不错，就是咖喱甜品！"做法简单，这道菜可花上几小时的工夫，是事先做好的，把小豆蔻的青豆荚捣碎，加一半牛奶一半忌廉（淡奶油），煮滚，待冷却。打蛋黄进去，搅匀，开火加热，令其变稠。这时可以加腰果碎、茴香粉、月桂粉，再添蜜糖，冷冻两小时，再搅，放入冰格。因时间不够，冻结不太成形，大家原谅，当了咖喱糖水喝。我在一边笑嘻嘻，一点咖喱也咽不下去，光喝酒，大醉，醒来全身咖喱味。

# 肉食者不鄙

·汪曾祺

## 狮子头

狮子头是淮安菜。猪肉肥瘦各半，爱吃肥的亦可肥七瘦三，要"细切粗斩"，如石榴米大小（绞肉机绞的肉末不行），荸荠切碎，与肉末同拌，用手抟成招柑大的球，入油锅略炸，至外结薄壳，捞出，放进水锅中，加酱油、糖，慢火煮，煮至透味，收汤放入深腹大盘。

狮子头松而不散，入口即化，北方的"四喜丸子"不能与之相比。

周总理在淮安住过，会做狮子头，曾在重庆红岩八路军办事处做过一次，说："多年不做了，来来来，尝尝！"想必做得很成功，因为语气中流露出得意。

【狮子头】

我在淮安中学读过一个学期，食堂里有一次做狮子头，一大锅油，狮子头像炸麻团似的在油里翻滚，捞出，放在碗里上笼蒸，下衬白菜。一般狮子头多是红烧，食堂所做却是白汤，我觉最能存其本味。

## 镇江肴蹄

镇江肴蹄，盐渍，加硝，放大盆中，以巨大石块压之，至肥瘦肉都已板实，取出，煮熟，晾去水汽，切厚片，装盘。瘦肉颜色殷红，肥肉白如羊脂玉，入口不腻。

【肴肉】

吃肴肉，要蘸镇江醋，加嫩姜丝。

## 乳腐肉

乳腐肉是苏州松鹤楼的名菜，制法未详。我所做乳腐肉乃以意为之。猪肋肉一块，煮至六七成熟，捞出，俟冷，切大片，每片须带肉皮，肥瘦肉，用煮肉原汤入锅，红乳腐碾烂，加冰糖、黄酒，小火焖。乳腐肉嫩如豆腐，颜色红亮，下饭最宜。汤汁可蘸银丝卷。

## 腌笃鲜

上海菜。鲜肉和咸肉同炖，加扁尖笋。

## 东坡肉

浙江杭州、四川眉山，全国到处都有东坡肉。苏东坡爱吃猪肉，见于诗文。东坡肉其实就是红烧肉，功夫全在火候。先用猛火攻，大滚几开，即加作料，用微火慢炖，汤汁略起小泡即可。东坡论煮肉法，云须忌水，不得已时可以浓茶烈酒代之。完全不加水是不行的，会焦煳粘锅，但水不能多。要加大量黄酒。扬州炖肉，还要加一点高粱酒。加浓茶，我试过，也吃不出有什么特殊的味道。

传东坡有一首诗："无竹令人俗，无肉令人瘦，若要不俗与不瘦，除非天天笋烧肉。"未必可靠，

【东坡肉】

但苏东坡有时是会写这种打油体的诗的。冬笋烧肉，是很好吃。我的大姑妈善做这道菜，我每次到大姑妈家，她都做。

## 霉干菜烧肉

这是绍兴菜，全国各处皆有，但不似绍兴人三天两头就要吃一次，鲁迅一辈子大概都离不开霉干菜。《风波》里所写的蒸得乌黑的霉干菜很诱人，那大概是不放肉的。

# 黄鱼鲞烧肉

宁波人爱吃黄鱼鲞（黄鱼干）烧肉，广东人爱吃咸鱼烧肉，这都是外地人所不能理解的口味，其实这种搭配是很有道理的。近几年因为违法乱捕，黄鱼产量锐减，连新鲜黄鱼都很难吃到，更不用说黄鱼鲞了。

# 火腿

浙江金华火腿和云南宣威火腿风格不同。金华火腿味清，宣威火腿味重。

昆明过去火腿很多，哪一家饭铺里都能吃到火腿。昆明人爱吃肘棒的部位，横切成圆片，外裹一层薄皮，里面一圈肥肉，当中是瘦肉，叫作"金钱片腿"。正义路有一家火腿庄，专卖火腿，除了整只的、零切的火腿，还可以买到火腿脚爪，火腿油。火腿油炖豆腐很好吃。护国路原来有一家本地馆子，叫"东月楼"，有一道名菜"锅贴乌鱼"，乃以乌鱼片两片，中夹火腿一片，在平底铛上烙熟，味道之鲜美，难以形容。前年我到昆明去，向本地人问起东月楼，说是早就没有了，"锅贴乌鱼"遂成《广陵散》。

华山南路吉庆祥的火腿月饼，全国第一。一个重旧秤四两，名曰"四两砣"。吉庆祥还在，而且有了分号，所制四两砣不减当年。

# 腊肉

湖南人爱吃腊肉。农村人家杀了猪，大部分都腌了，挂在厨灶房梁上，烟熏成腊肉。我不怎么爱吃腊肉，有一次在长沙一家大饭店吃了一回蒸腊肉，这盘腊肉真叫好。通常的腊肉是条状，切片不成形，这盘腊肉却是切成颇大的整齐的方片，而且蒸得极烂，我没有想到腊肉能蒸得这样烂！入口香糯，真是难得。

【腊肉】

## 夹沙肉·芋泥肉

夹沙肉和芋泥肉都是甜的，夹沙肉是川菜，芋泥肉是广西菜。厚膘臀尖肉，煮半熟，捞出，沥去汤，过油灼肉皮起泡，候冷，切大片，两片之间不切通，夹入豆沙，装碗笼蒸，蒸至四川人所说"粑而不烂"倒扣在盘里，上桌，是为夹沙。芋泥肉做法与夹沙肉相似，芋泥较豆沙尤为细腻，且有芋香，味较夹沙肉更胜一筹。

## 白肉火锅

白肉火锅是东北菜。其特点是肉片极薄，是把大块肉冻实了，用刨子刨出来的，故入锅一涮就熟，很嫩。白肉火锅用海蛎子（蚝）做锅底，加酸菜。


## 烤乳猪

烤乳猪原来各地都有，清代满汉餐席上必有这道菜，后来别处渐渐没有，只有广东一直盛行，大饭店或烧腊摊上的烤乳猪都很好。烤乳猪如果抹一点甜面酱卷薄饼吃，一定不亚于北京烤鸭。可惜广东人不大懂得吃饼，一般烤乳猪只作为冷盘。

## 炒米和焦屑

　　小时读《板桥家书》，"天寒冰冻时暮，穷亲戚朋友到门，先泡一大碗炒米送手中，佐以酱姜一小碟，最是暖老温贫之具"，觉得很亲切。郑板桥是兴化人，我的家乡是高邮，风气相似。这样的感情，是外地人们不易领会的。炒米是各地都有的。但是很多地方都做成了炒米糖。这是很便宜的食品。孩子买了，咯咯地嚼着。四川有"炒米糖开水"，车站码头都有得卖，那是泡着吃的。但四川的炒米糖似也是专业的作坊做的，不像我们那里。我们那里也有炒米糖，像别处一样，切成长方形的一块一块。也有搓成圆球的，叫作"欢喜团"。那也是作坊里做的。但通常所说的炒米，是不加糖黏结的，是"散装"的；而且不是作坊里做出来，是自己家里炒的。

说是自己家里炒，其实是请了人来炒的。炒炒米也要点手艺，并不是人人都会的。入了冬，大概是过了冬至吧，有人背了一面大筛子，手执长柄的铁铲，大街小巷地走，这就是炒炒米的。有时带一个助手，多半是个半大孩子，是帮他烧火的。请到家里来，管一顿饭，给几个钱，炒一天。或二斗，或半石；像我们家人口多，一次得炒一石糯米。炒炒米都是把一年所需一次炒齐，没有零零碎碎炒的。过了这个季节，再找炒炒米的也找不着。一炒炒米，就让人觉得，快要过年了。

　　装炒米的坛子是固定的，这个坛子就叫"炒米坛子"，不作别的用途。舀炒米的东西也是固定的，一般人家大都是用一个香烟罐头。我的祖母用的是一个"柚子壳"。柚子，——我们那里柚子不多见，从顶上开一个洞，把里面的瓤掏出来，再塞上米糠，风干，就成了一个硬壳的钵状的东西。她用这个柚子壳用了一辈子。

　　我父亲有一个很怪的朋友，叫张仲陶。他很有学问，曾教我读过《项羽本纪》。他薄有田产，不治生业，整天在家研究《易经》，算卦。他算卦用蓍草。全城只有他一个人用蓍草算卦。据说他有几卦算得极灵。有一家，丢了一只金戒指，怀疑是女佣人偷了。这女佣人蒙了冤枉，来求张先生算一卦。张先生算了，说戒指没有丢，在你们家炒米坛盖子上。一找，果然。我小时就不大相信，算卦怎么能算得这样准？怎么能算得出在炒米坛盖子上呢？不过他的这一卦说明了一件事，即我们那里炒米坛子是几乎家家都有的。

炒米这东西实在说不上有什么好吃。家常预备，不过取其方便。用开水一泡，马上就可以吃。在没有什么东西好吃的时候，泡一碗，可代早晚茶。来了平常的客人，泡一碗，也算是点心。郑板桥说"穷亲戚朋友到门，先泡一大碗炒米送手中"，也是说其省事，比下一碗挂面还要简单。炒米是吃不饱人的。一大碗，其实没有多少东西。我们那里吃泡炒米，一般是抓上一把白糖，如板桥所说，"佐以酱姜一小碟"，也有，少。我现在岁数大了，如有人请我吃泡炒米，我倒宁愿来一小碟酱生姜——最好滴几滴香油，那倒是还有点意思的。另外还有一种吃法，用猪油煎两个嫩荷包蛋——我们那里叫作"蛋瘪子"，抓一把炒米和在一起吃。这种食品是只有"惯宝宝"才能吃得到的。谁家要是老给孩子吃这种东西，街坊就会有议论的。

我们那里还有一种可以急就的食品，叫作"焦屑"。煳锅巴磨成碎末，就是焦屑。我们那里，餐餐吃米饭，顿顿有锅巴。把饭铲出来，锅巴用小火烘焦，起出来，卷成一卷，存着。锅巴是不会坏的，不发馊，不长霉。攒够一定的数量，就用一具小石磨磨碎，放起来。焦屑也像炒米一样。用开水冲冲，就能吃了。焦屑调匀后成糊状，有点像北方的炒面，但比炒面爽口。

我们那里的人家预备炒米和焦屑，除了方便，原来还有一层意思，是应急。在不能正常煮饭时，可以用来充饥。这很有点像古代行军用的"糒"。有一年，记不得是哪一年，总之是我还小，还在上小学，党军（国民革命军）和联军（孙传芳的军队）在我们县境内开了仗，很多人都躲进了红十字会。不知道出于一种什么信念，大家都以为红十字会是哪一方的军队都不能打进去的，进了红十字会就安全了。红十字会设在炼阳观，这是一个道士观。我们一家带了一点行李进了炼阳观。祖母指挥着，特别关照，把一坛炒米和一坛焦屑带了去。我对这种打破常规的生活极感兴趣。晚上，爬到吕祖楼上去，看双方军队枪炮的火光在东北面不知什么地方一阵一阵地亮着，觉得有点紧张，也觉得好玩。很多人家住在一起，不能煮饭，这一晚上，我们是冲炒米、泡焦屑度过的。没有床铺，我把几个道士诵经用的蒲团拼起来，在上面睡了一夜。这实在是我小时候度过的一个浪漫的夜晚。

第二天，没事了，大家就都回家了。

炒米和焦屑与我家乡的贫穷和长期的动乱是有关系的。


## 端午的鸭蛋

家乡的端午，很多风俗和外地一样。系百索子。五色的丝线拧成小绳，系在手腕上。丝线是掉色的，洗脸时沾了水，手腕上就印得红一道绿一道的。做香角子。丝线缠成小粽子，里头装了香面，一个一个串起来，挂在帐钩上。贴五毒。红纸剪成五毒，贴在门槛上。贴符。这符是城隍庙送来的。城隍庙的老道士还是我的寄名干爹，他每年端午节前就派小道士送符来，还有两把小纸扇。符送来了，就贴在堂屋的门楣上。一尺来长的黄色、蓝色的纸条，上面用朱笔画些莫名其妙的道道，这就能辟邪么？喝雄黄酒。用酒和的雄黄在孩子的额头上画一个王字，这是很多地方都有的。有一个风俗不知别处有不：放黄烟子。黄烟子是大小如北方的麻雷子的炮仗，只是里面灌的不是硝药，而是雄黄。点着后不响，只是冒出一股黄烟，能冒好一会。把点着的黄烟子丢在橱柜下面，说是可以熏五毒。小孩子点了黄烟子，常把它的一头抵在板壁上写虎字。写黄烟虎字笔画不能断，所以我们那里的孩子

【咸鸭蛋】

都会写草书的"一笔虎。"还有一个风俗,是端午节的午饭要吃"十二红",就是十二道红颜色的菜。十二红里我只记得有炒红苋菜、油爆虾、咸鸭蛋,其余的都记不清,数不出了。也许十二红只是一个名目,不一定真凑足十二样。不过午饭的菜都是红的,这一点是我没有记错的,而且,苋菜、虾、鸭蛋,一定是有的。这三样,在我的家乡,都不贵,多数人家是吃得起的。

我的家乡是水乡,出鸭。高邮大麻鸭是著名的鸭种。鸭多,鸭蛋也多。高邮人也善于腌鸭蛋。高邮咸鸭蛋是出了名的。我在苏南、浙江,每逢有人问起我的籍贯,回答之后,对方就会肃然起敬:"哦!你们那里出咸鸭蛋!"上海的卖腌腊的店铺里也卖咸鸭蛋,必用纸条特别标明:"高邮咸蛋"。

高邮还出双黄鸭蛋。别处鸭蛋也偶有双黄的，但不如高邮的多，可以成批输出。双黄鸭蛋味道其实无特别处。还不就是个鸭蛋！只是切开之后，里面圆圆的两个黄，使人惊奇不已。我对异乡人称道高邮鸭蛋，是不大高兴的，好像我们那穷地方就出鸭蛋似的！不过高邮的咸鸭蛋，确实是好，我走的地方不少，所食鸭蛋多矣，但和我家乡的完全不能相比！曾经沧海难为水，他乡咸鸭蛋，我实在瞧不上。袁枚的《随园食单·小菜单》有"腌蛋"一条。袁子才这个人我不喜欢，他的《随园食单》好些菜的做法是听来的，他自己并不会做菜。但是"腌蛋"这一条我看后却觉得很亲切，而且"与有荣焉"。文不长，录如下：

> 腌蛋以高邮为佳，颜色红而油多，高文端公最喜食之。席间，先夹取以敬客，放盘中。总宜切开带壳，黄白兼用；不可存黄去白，使味不全，油亦走散。

高邮咸蛋的特点是质细而油多。蛋白柔嫩，不似别处的发干、发粉，入口如嚼石灰。油多尤为别处所不及。鸭蛋的吃法，如袁子才所说，带壳切开，是一种，那是席间待客的办法。平常食用，一般都是敲破"空头"用筷子挖着吃。筷子头一扎下去，吱——红油就冒出来了。高邮咸蛋的黄是通红的。苏北有一道名菜，叫作"朱砂豆腐"，就是用高邮鸭蛋黄炒的豆腐。我在北京吃的咸鸭蛋，蛋黄是浅黄色的，这叫什么咸鸭蛋呢！

端午节，我们那里的孩子兴挂"鸭蛋络子"。头一天，就由姑姑或姐姐用彩色丝线打好了络子。端午一早，鸭蛋煮熟了，由孩子自己去挑一个，鸭蛋有什么可挑的呢？有！一要挑淡青壳的。鸭蛋壳有白的和淡青的两种。二要挑形状好看的。别说鸭蛋都是一样的，细看却不同。有的样子蠢，有的秀气。挑好了，装在络子里，挂在大襟的纽扣上。这有什么好看呢？然而它是孩子心爱的饰物。鸭蛋络子挂了多半天，什么时候孩子一高兴，就把络子里的鸭蛋掏出来，吃了。端午的鸭蛋，新腌不久，只有一点淡淡的咸味，白嘴吃也可以。

孩子吃鸭蛋是很小心的，除了敲去空头，不把蛋壳碰破。蛋黄蛋白吃光了，用清水把鸭蛋里面洗净，晚上捉了萤火虫来，装在蛋壳里，空头的地方糊一层薄罗。萤火虫在鸭蛋壳里一闪一闪地亮,好看极了!

小时读囊萤映雪故事,觉得东晋的车胤用练囊盛了几十只萤火虫,照了读书,还不如用鸭蛋壳来装萤火虫。不过用萤火虫照亮来读书,而且一夜读到天亮,这能行么?车胤读的是手写的卷子,字大,若是读现在的新五号字,大概是不行的。


## 咸菜茨菇汤

一到下雪天,我们家就喝咸菜汤,不知是什么道理。是因为雪天买不到青菜?那也不见得。除非大雪三日,卖菜的出不了门,否则他们总还会上市卖菜的。这大概只是一种习惯。一早起来,看见飘雪花了,我就知道:今天中午是咸菜汤!

咸菜是青菜腌的。我们那里过去不种白菜,偶有卖的,叫作"黄芽菜",是外地运去的,很名贵。一般黄芽菜炒肉丝,是上等菜。平常吃的,都是青菜,青菜似油菜,但高大得多。入秋,腌菜,这时青菜正肥。把青菜成担的买来,洗净,晾去水气,下缸。一层菜，一层盐，码实，即成。随吃随取，可以一直吃到第二年春天。

腌了四五天的新咸菜很好吃，不咸，细、嫩、脆、甜，难可比拟。

咸菜汤是咸菜切碎了煮成的。到了下雪的天气，咸菜已经腌得很咸了，而且已经发酸，咸菜汤的颜色是暗绿的。没有吃惯的人，是不容易引起食欲的。

咸菜汤里有时加了茨菰片，那就是咸菜茨菰汤。或者叫茨菰咸菜汤，都可以。

我小时候对茨菰实在没有好感。这东西有一种苦味。民国二十年，我们家乡闹大水，各种作物减产，只有茨菰却丰收。那一年我吃了很多茨菰，而且是不去茨菰的嘴子的，真难吃。

我十九岁离乡，辗转漂流，三四十年没有吃到茨菰，并不想。

前好几年，春节后数日，我到沈从文老师家去拜年，他留我吃饭，师母张兆和炒了一盘茨菰肉片。沈先生吃了两片茨菰，说："这个好！格比土豆高。"我承认他这话。吃菜讲究"格"的高低，这种语言正是沈老师的语言。他是对什么事物都讲"格"的，包括对于茨菰、土豆。

因为久违，我对茨菰有了感情。前几年，北京的菜市场在春节前后有卖茨菰的。我见到，必要买一点回来加肉炒了。家里人都不怎么爱吃。所有的茨菰，都由我一个人"包圆儿"了。

北方人不识茨菰。我买茨菰，总要有人问我："这是什么？"——"茨菰。"——"茨菰是什么？"这可不好回答。

北京的茨菰卖得很贵，价钱和"洞子货"（温室所产）的西红柿、野鸡脖韭菜差不多。

我很想喝一碗咸菜茨菰汤。

我想念家乡的雪。

## 虎头鲨·昂嗤鱼·砗螯·螺蛳·蚬子

苏州人特重塘鳢鱼。上海人也是，一提起塘鳢鱼，眉飞色舞。塘鳢鱼是什么鱼？我向往之久矣。到苏州，曾想尝尝塘鳢鱼，未能如愿。后来我知道：塘鳢鱼就是虎头鲨，嘻！

塘鳢鱼亦称土步鱼。《随园食单》："杭州以土步鱼为上品，而金陵人贱之，目为虎头蛇，可发一笑。"虎头蛇即虎头鲨。这种鱼样子不好看，而且有点凶恶。浑身紫褐色，有细碎黑斑，头大而多骨，鳍如蝶翅。这种鱼在我们那里也是贱鱼，是不能上席的。苏州人做塘鳢鱼有清炒、椒盐多法。我们家乡通常的吃法是氽汤，加醋、胡椒。虎头鲨氽汤，鱼肉极细嫩，松而不散，汤味极鲜，开胃。

昂嗤鱼的样子也很怪，头扁嘴阔，有点像鲇鱼，无鳞，皮色黄，有浅黑色的不规整的大斑。无背鳍，而背上有一根很硬的尖锐的骨刺。用手捏起这根骨刺，它就发出昂嗤昂嗤小小的声音。这声音是怎么发出来的，我一直没弄明白。这种鱼是由这种声音得名的。它的学名是什么，只有去问鱼类学专家了。这种鱼没有很大的，七八寸长的，就算难得的了。这种鱼也很贱，连乡下人也看不起。我的一个亲戚在农村插队，见到昂嗤鱼，买了一些，农民都笑他："买这种鱼干什么！"昂嗤鱼其实是很好吃的。昂嗤鱼通常也是余汤。虎头鲨是醋汤，昂嗤鱼不加醋，汤白如牛乳，是所谓"奶汤"。昂嗤鱼也极细嫩，鳃边的两块蒜瓣肉有大拇指大，堪称至味。有一年，北京一家鱼店不知从哪里运来一些昂嗤鱼，无人问津。顾客都不识这是啥鱼。有一位卖鱼的老师傅倒知道："这是昂嗤。"我看到，高兴极了，买了十来条。回家一做，满不是那么一回事！昂嗤要吃活的（虎头鲨也是活杀）。长途转运，又在冷库里冰了一些日子，肉质变硬，鲜味全失，一点意思都没有！

砗螯，我的家乡叫馋螯，砗螯是扬州人的叫法。我在大连见到花蛤，我以为就是砗螯，不是。形状很相似，入口全不同。花蛤肉粗而硬，咬不动。砗螯极柔软细嫩。砗螯好像是淡水里产的，但味道却似海鲜。有点像蛎黄，但比蛎黄味道清爽。比青蛤、蚶子味厚。砗螯可清炒，烧豆腐，或与咸肉同煮。砗螯烧乌青菜（江南人叫塌苦菜），风味绝佳。乌青菜如是经霜而现拔的，尤美。我不食砗螯四十五年矣。

砗螯壳稍呈三角形，质坚，白如细瓷，而有各种颜色的弧形花斑，有浅紫的，有暗红的，有赭石，墨蓝的，很好看。家里买了砗螯，挖出砗螯肉，我们就从一堆砗螯壳里去挑选，挑到好的，洗净了留起来玩。砗螯壳的铰合部有两个突出的尖嘴子，把尖嘴子在糙石上磨磨，不一会儿就磨出两个小圆洞，含在嘴里吹，呜呜地响，且有细细颤音，如风吹窗纸。

螺蛳处处有之。我们家乡清明吃螺蛳，谓可以明目。用五香煮熟螺蛳，分给孩子，一人半碗，由他们自己用竹签挑着吃。孩子吃了螺蛳，用小竹弓把螺蛳壳射到屋顶上，喀拉喀拉地响。夏天"检漏"，瓦匠总要扫下好些螺蛳壳。这种小弓不作别的用处，就叫作螺蛳弓，我在小说《戴车匠》里对螺蛳弓有较详细的描写。

蚬子是我所见过的贝类里最小的了，只有一粒瓜子大。蚬子是剥了壳卖的。剥蚬子的人家附近堆了好多蚬子壳，像一个坟头。蚬子炒韭菜，很下饭。这种东西非常便宜，为小户人家的恩物。

有一年修运河堤。按工程规定，有一段堤面应铺碎石，包工的贪污了款子，在堤面铺了一层蚬子壳。前来检收的委员，坐在汽车里，向外一看，白花花的一片，还抽着雪茄烟，连说："很好！很好！"

我的家乡富水产。鱼之中名贵的是鳊鱼、白鱼（尤重翘嘴白）、鳜花鱼（即桂鱼），谓之"鳊、白、鳜。"虾有青虾、白虾。蟹极肥。已无特点。故不及。


## 野鸭·鹌鹑·斑鸠·鵽

过去我们那里野鸭子很多。水乡，野鸭子自然多。秋冬之际，天上有时"过"野鸭子，黑乎乎的一大片，在地上可以听到它们鼓翅的声音，呼呼的，好像刮大风。野鸭子是枪打的（野鸭肉里常常有很细的铁砂子，吃时要小心），但打野鸭子的人

人生大事　吃喝二字

自己不进城来卖。卖野鸭子有专门的摊子。有时卖鱼的也卖野鸭子，把一个养活鱼的木盆翻过来，野鸭一对一对地摆在盆底，卖野鸭子是不用秤约的，都是一对一对地卖。野鸭子是有一定分量的。依分量大小，有一定的名称，如"对鸭""八鸭"。哪一种有多大分量，我现在已经记不清了。卖野鸭子都是带毛的。卖野鸭子的可以代客当场去毛，拔野鸭毛是不能用开水烫的。野鸭子皮薄，一烫，皮就破了。干拔。卖野鸭子的把一只鸭子放入一个麻袋里，一手提鸭，一手拔毛，一会儿就拔净了——放在麻袋里拔，是防止鸭毛飞散。代客拔毛，不另收费，卖野鸭子的只要那一点鸭毛——野鸭毛是值钱的。

野鸭的吃法通常是切块红烧。清炖大概也可以吧，我没有吃过。野鸭子肉的特点是细、"酥"，不像家鸭每每肉老。野鸭烧咸菜是我们那里的家常菜。里面的咸菜尤其是佐粥的妙品。

现在我们那里的野鸭子很少了。前几年我回乡一次，偶有，卖得很贵。据说是因为县里对各乡水利作了全面综合治理，过去的水荡子、荒滩少了，野鸭子无处栖息。而且，野鸭子过去是吃收割后遗撒在田里的谷粒的，现在收割得很干净，颗粒归仓，野鸭子没有什么可吃的，不来了。

鹌鹑是网捕的。我们那里吃鹌鹑的人家少，因为这东西只有由乡下的亲戚送来，市面上没有卖的。鹌鹑大都是用五香卤了吃。也有用油炸了的。鹌鹑能斗，但我们那里无斗鹌鹑的风气。

我看见过猎人打斑鸠。我在读初中的时候。午饭后，我到学校后面的野地里去玩。野地里有小河，有野蔷薇，有金黄色的茼蒿花，有苍耳（苍耳子有小钩刺，能挂在衣裤上，我们管它叫"万把钩"），有才抽穗的芦荻。在一片树林里，我发现一个猎人。我们那里猎人很少，我从来没有见过猎人，但是我一看见他，就知道：他是一个猎人。这个猎人给我一个非常猛厉的印象。他穿了一身黑，下面却缠了鲜红的绑腿。他很瘦。他的眼睛黑，而冷。他握着枪。他在干什么？树林上面飞过一只斑鸠。他在追逐这只斑鸠。斑鸠分明已经发现猎人了。它想逃脱。斑鸠飞到北面，在树上落一落，猎人一步一步往北走。斑鸠连忙往南面飞，猎人扬头看了一眼，斑鸠落定了，猎人又一步一步往南走，非常冷静。这是一场无声的，然而非常紧张的、坚持的较量。斑鸠来回飞，猎人来回走。我很奇怪，为什么斑鸠不往树林外面飞。这样几个来回，斑鸠慌了神了，它飞得不稳了，歪歪倒倒的，失去了原来均匀的节奏。忽然，砰——枪声一响，斑鸠应声而落。猎人走过去，拾起斑鸠，看了看，装在猎袋里。他的眼睛很黑，很冷。

我在小说《异秉》里提到王二的熏烧摊子上，春天，卖一种叫作"鵽"的野味。鵽这种东西我在别处没看见过。"鵽"这个字很多人也不认得。多数字典里不收。《辞海》里倒有这个字，标音为 duò（又读 zhuā）。zhuā 与我乡读音较近，但我们那里是读入声的，这只有用国际音标才标得出来。即使用国际音标标出，在不知道"短促急收藏"的北方人也是读不出来的。《辞海》"鵽"字条下注云"见鵽鸠"，似以为"鵽"即"鵽鸠"？而在"鵽鸠"条下注云："鸟名。雉属。即'沙鸡'。"这就不对了。沙鸡我是见过的，吃过的。内蒙古、张家口多出沙鸡。《尔雅·释鸟》郭璞注："出北方沙漠地"，不错。北京冬季偶尔也有卖的。沙鸡嘴短而红，腿也短。我们那里的鸡却是水鸟，嘴长，腿也长。鸡的滋味和沙鸡有天渊之别。沙鸡肉较粗，略有酸味；鸡肉极细，非常香。我一辈子没有吃过比鸡更香的野味。


## 蒌蒿·枸杞·荠菜·马齿苋

小说《大淖记事》："春初水暖，沙洲上冒出很多紫红色的芦芽和灰绿色的蒌蒿，很快就是一片翠绿了。"我在书页下方加了一条注："蒌蒿是生于水边的野草，粗如笔管，有节，生狭长的小叶，初生二寸来高，叫做'蒌蒿薹子'，加肉炒食极清香……"蒌蒿的蒌字，我小时不知怎么写，后来偶然看了一本什么书，才知道的。这个字音"吕"。我小学有一个同班同学，姓吕，我们就给他起了个外号，叫"蒌蒿薹子"（蒌蒿薹子家开了一爿糖坊，小学毕业后未升学，我们看见他坐在糖坊里当小老板，觉得很滑稽）。但我查了几本字典，"蒌"都音"楼"，我有点恍惚了。"楼""吕"一声之转。许多从"娄"的字都读"吕"，如"屡""缕""褛"……这本来无所谓，读"楼"读"吕"，关系不大。但

字典上都说蒌蒿是蒿之一种，即白蒿，我却有点不以为然了。我小说里写的蒌蒿和蒿其实不相干。读苏东坡《惠崇春江晚景》诗："竹外桃花三两枝，春江水暖鸭先知。蒌蒿满地芦芽短，正是河豚欲上时。"此蒌蒿生于水边，与芦芽为伴，分明是我的家乡人所吃的蒌蒿，非白蒿。或者"白蒿"的蒌蒿别是一种，未可知矣。深望懂诗、懂植物学，也懂吃的博雅君子有以教我。

【枸杞】

我的小说注文中所说的"极清香",很不具体。嗅觉和味觉是很难比方,无法具体的。昔人以为荔枝味似软枣,实在是风马牛不相及。我所谓"清香",即食时如坐在河边闻到新涨的春水的气味。这是实话,并非故作玄言。

枸杞到处都有。开花后结长圆形的小浆果,即枸杞子。我们叫它"狗奶子",形状颇像。本地产的枸杞子没有入药的,大概不如宁夏产的好。枸杞是多年生植物。春天,冒出嫩叶,即枸杞头。枸杞头是容易采到的。偶尔也有近城的乡村的女孩子采了,放在竹篮里叫卖:"枸杞头来! ……"枸杞头可下油盐炒食;或用开水焯了,切碎,加香油、酱油、醋,凉拌了吃。那滋味,也只能说"极清香"。春天吃枸杞头,云可以清火,如北方人吃苣荬菜一样。

"三月三,荠菜花赛牡丹"。俗谓是日以荠菜花置灶上,则蚂蚁不上锅台。

北京也偶有荠菜卖。菜市上卖的是园子里种的,茎白叶大,颜色较野生者浅淡,无香气。农贸市场间有南方的老太太挑了野生的来卖,则又过于

细瘦，如一团乱发，制熟后强硬扎嘴。总不如南方
野生的有味。

　　江南人惯用荠菜包春卷，包馄饨，甚佳。我们
家乡有用来包春卷的，用来包馄饨的没有，——我
们家乡没有"菜肉馄饨"。一般是凉拌。荠菜焯熟
剁碎，界首茶干切细丁，入虾米，同拌。这道菜是
可以上酒席作凉菜的。酒席上的凉拌荠菜都用手抟
成一座尖塔，临吃推倒。

【荠菜】

马齿苋现在很少有人吃。古代这是相当重要的菜蔬。苋分人苋、马苋。人苋即今苋菜，马苋即马齿苋。我们祖母每于夏天摘肥嫩的马齿苋晾干，过年时作馅包包子。她是吃长斋的，这种包子只有她一个人吃。我有时从她的盘子里拿一个，蘸了香油吃，挺香。马齿苋有点淡淡的酸味。

马齿苋开花，花瓣如一小囊。我们有时捉了一个哑巴知了——知了是应该会叫的，捉住一个哑巴，多么扫兴！于是就摘了两个马齿苋的花瓣套住它的眼睛——马齿苋花瓣套知了眼睛正合适，一撒手，这知了就拼命往高处飞，一直飞到看不见！

三年困难时期，我在张家口沙岭子吃过不少马齿苋。那时候，这是宝物！

# 笋

· 梁实秋

我们中国人好吃竹笋。《诗经·大雅·韩奕》："其簌维何，维笋维蒲。"可见自古以来，就视竹笋为上好的蔬菜。唐朝还有专员管理植竹，《唐书·百官志》："司竹监掌植竹笋……岁以笋供尚食。"到了宋朝的苏东坡，初到黄州立刻就吟出"长江绕郭知鱼美，好竹连山觉笋香"之句，后来传诵一时的"无竹令人俗，无肉使人瘦。若要不俗也不瘦，餐餐笋煮肉"，更是明白表示笋是餐餐所不可少的。不但人爱吃笋，熊猫也非吃竹枝竹叶不可，竹林若是开了花，熊猫如不迁徙便会饿死。

笋，竹萌也。竹类非一，生笋的季节亦异，所以笋也有不同种类。苦竹之笋当然味苦，但是苦的程度不同。太苦的笋难以入口，微苦则亦别有风味，如食苦瓜、苦菜、苦酒，并不嫌其味苦。苦笋先煮一过，可以稍减苦味。苏东坡是吃笋专家，他不排斥苦笋，有句云："久抛松菊犹细事，苦笋江豚那忍说？"他对苦笋还念念不忘呢。黄鲁直曾调侃他："公如端为苦笋归，明日春衫诚可脱。"为了吃苦笋，连官都可以不做。我们在台湾夏季所吃到的鲜笋，非常脆嫩，有时候不善挑选的人也会买到微苦味的。好像从笋的外表形状就可以知道其是否苦笋。

春笋不但细嫩清脆，而且样子也漂亮。细细长长的，洁白光润，没有一点瑕疵。春雨之后，竹笋骤发，水分充足，纤维特细。古人形容妇女手指

【春笋】

之美常曰春笋。"秋波浅浅银灯下，春笋纤纤玉镜前。"（《剪灯余话》）这比喻不算夸张，你若是没见过春笋一般的手指，那是你所见不广。春笋怎样做都好，煎炒煨炖，无不佳妙。油焖笋非春笋不可，而春笋季节不长，故罐头油焖笋一向颇受欢迎，唯近制多粗制滥造耳。

冬笋最美。杜甫《发秦州》："密竹复冬笋。"好像是他一路挖冬笋吃。冬笋不生在地面，是藏在土里的，需要掘出来。因其深藏不露，所以质地细密。北方竹子少，冬笋是外来的，相当贵重。在北平馆子里叫一盘"炒二冬"（冬笋、冬菇）就算是好菜。东兴楼的"虾子烧冬笋"，春华楼的"火腿煨冬笋"，都是名菜。过年的时候，若是以一蒲包的冬笋、一蒲包的黄瓜送人，这份礼不轻，而且也投老饕之所好。我从小最爱吃的一道菜，就是冬笋炒肉丝，加一点韭黄、木耳，临起锅浇一勺绍兴酒，认为那是无上妙品——但是一定要我母亲亲自掌勺。

笋尖也是好东西，杭州的最好。在北平有时候深巷里发出跑单帮的杭州来的小贩叫卖声，他背负

【冬笋】

大竹筐，有一小竹篓的笋尖兜售。他的笋尖是比较新鲜的，所以还有些软。肉丝炒笋尖很有味，羼在素什锦或烤麸之类里面也好，甚至以笋尖烧豆腐也别有风味。笋尖之外还有所谓"素火腿"者，是大片的制炼过的干笋，黑黑的，可以当作零嘴啃。

究竟笋是越新鲜越好。有一年我随舅氏游西湖，在灵隐寺前面的一家餐馆进膳，是素菜馆，但是一盘冬菇烧笋真是做得出神入化，主要是因为笋新鲜。前些年一位朋友避暑上狮头山住最高处一尼庵，贻书给我说："山居多佳趣，每日素斋有新砍之笋，味绝鲜美，盍来共尝？"我没去，至今引以为憾。

关于冬笋，台南陆国基先生赐书有所补正，他说："'冬笋不生在地面，冬天是藏在土里'这两句话若改作'冬笋是生长在土里'，较为简明。兹将冬笋生长过程略述于后。我们常吃的冬笋为孟宗竹笋（台湾建屋搭鹰架用竹），是笋中较好吃的一种，隔年初秋，从地下茎上发芽，慢慢生长，至冬天已可挖吃。竹的地下茎，在土中深浅不一，离地面约十公分所生竹笋，其尖（芽）端已露出土表，笋箨呈青绿。离地表面约尺许所生竹笋，冬天尚未露出土表，观地面隆起，布有新细缝者，即为竹笋所在。用锄挖出，笋箨淡黄。若离地面一尺以下所生竹笋，地面表无迹象，殊难找着。要是掘笋老手，观竹枝开展，则知地下茎方向，亦可挖到竹笋。至春暖花开，雨水充足，深土中竹笋迅速伸出地面，即称春笋。实际冬笋、春笋原为一物，只是出土有先后，季节不同。所有竹笋未出地面都较好吃，非独孟宗竹为然。"附此志谢。

# 豆腐

### 梁实秋

　　豆腐是我们中国食品中的瑰宝。豆腐之法，是否始于汉淮南王刘安，没有关系，反正我们已经吃了这么多年，至今仍然在吃。在海外留学的人，到唐人街杂碎馆打牙祭少不了要吃一盘烧豆腐，方才有家乡风味。有人在海外由于制豆腐而发了财，也有人研究豆腐而得到学位。

　　关于豆腐的事情，可以编写一部大书，现在只是谈谈几项我个人所喜欢的吃法。

　　凉拌豆腐，最简单不过。买块嫩豆腐，冲洗干净，加上一些葱花，撒些盐，加麻油，就很好吃。若是用红酱豆腐的汁浇上去，更好吃。至不济浇上一些酱油膏和麻油，也不错。我最喜欢的是香椿拌豆腐。香椿就是庄子所说的"以八千岁为春，以八千岁为秋"的椿。取其吉利，我家后院植有一棵不大不小的香椿树，春发嫩芽，绿中微带红色，摘

【豆腐】

下来用沸水一烫，切成碎末，拌豆腐，有奇香。可是别误摘臭椿，臭椿就是樗，《本草纲目》李时珍曰："其叶臭恶，歉年人或采食。"近来台湾也有香椿芽偶然在市上出现，虽非臭椿，但是嫌其太粗壮，香气不足。在北平，和香椿拌豆腐可以相提并论的是黄瓜拌豆腐，这黄瓜若是冬天温室里长出来的，在没有黄瓜的季节吃黄瓜拌豆腐，其乐也何如？比松花拌豆腐好吃得多。

鸡刨豆腐是普通家常菜，可是很有风味。一块老豆腐用铲子在炒锅热油里戳碎，戳得乱七八糟，略炒一下，倒下一个打碎了的鸡蛋，再炒，加大量葱花。养过鸡的人应该知道，一块豆腐被鸡刨了是什么样子。

锅塌豆腐又是一种味道。切豆腐成许多长方块，厚薄随意，裹以鸡蛋汁，再裹上一层芡粉，入油锅炸，炸到两面焦，取出。再下锅，浇上预先备好的调味汁，如酱油、料酒等，如有虾子羼入更好。略烹片刻，即可供食。虽然仍是豆腐，然已别有滋味。台北天厨陈万策老板，自己吃长斋，然喜烹调，推出的锅塌豆腐就是北平作风。

沿街担贩有卖"老豆腐"者。担子一边是锅灶，煮着一锅豆腐，久煮成蜂窝状，另一边是碗匙、佐料如酱油、醋、韭菜末、芝麻酱、辣椒油之类。这样的老豆腐，自己在家里也可以做。天厨的老豆腐，加上了鲍鱼、火腿等，身份就不一样了。

【香椿拌豆腐】

担贩亦有吆喝"卤煮啊，炸豆腐"者，他卖的是炸豆腐，三角形的，间或还有加上炸豆腐丸子的，煮得烂，加上些佐料如花椒之类，也别有风味。

一九二九年至一九三〇年之际，李璜先生宴客于上海四马路美丽川（应该是美丽川菜馆，大家都称之为美丽川），我记得在座的有徐悲鸿、蒋碧微等人，还有我不能忘的席中的一道"蚝油豆腐"。事隔五十余年，不知李幼老还记得否。蚝油豆腐用头号大盘，上面平铺着嫩豆腐，一片片的像瓦垄然，整齐端正，黄澄澄的稀溜溜的蚝油汁洒在上面，亮晶晶的。那时候四川菜在上海初露头角，我首次品尝，诧为异味，此后数十年间吃过无数次川菜，不曾再遇此一杰作。我揣想那一盘豆腐是摆好之后去蒸的，然后浇汁。

厚德福有一道名菜，尝过的人不多，因为非有特殊关系或情形他们不肯做，做起来太麻烦，这就是"罗汉豆腐"。豆腐捣成泥，加荬粉以增其黏性，然后捏豆腐泥成小饼状，实以肉馅，和捏汤团一般，下锅过油，再下锅红烧，辅以佐料。罗汉是断尽三界一切见思惑的圣者，焉肯吃外表豆腐而内含肉馅的丸子，称之为"罗汉豆腐"是有揶揄之意，而且也没有特殊的美味，和"佛跳墙"同是噱头而已。

冻豆腐是广受欢迎的，可下火锅，可做冻豆腐粉丝熬白菜（或酸菜）。有人说，玉泉山的冻豆腐最好吃，泉水好，其实也未必。凡是冻豆腐，味道都差不多。我常看到北方的劳苦人民，辛劳一天，然后拿着一大块锅盔，捧着一黑皮大碗的冻豆腐粉丝熬白菜，稀里呼噜地吃，我知道他自食其力，他很快乐。

# 西红柿

老舍

所谓番茄炒虾仁的番茄，在北平原叫作西红柿，在山东各处则名为洋柿子，或红柿子。

想当年我还梳小辫、系红头绳的时候，西红柿还没有番茄这点威风。它的价值，在那不文明的时代，不过与"赤包儿"相等，给小孩儿们拿着玩玩而已。大家作"娶姑娘扮姐姐"玩耍的时节，要在小板凳上摆起几个红胖发亮的西红柿，当作喜筵，实在漂亮。

可是，它的价值只是这么点，而且连这一点还不十分稳定，至于在大小饭铺里，它是完全没有份儿的。

这种东西，特别是在叶子上，有些不得人心的臭味——按北平的话说，这叫作"青气味儿"。所谓"青气味儿"，就是草木发出来的那种不好闻的味道，如楮树叶儿和一些青草，都是有此气味的。

【西红柿】

可怜的西红柿，果实是那么鲜丽，而被这个味儿给累住，像个有狐臭的美人。不要说是吃，就是当"花儿"看，它也是没有"凉水茄""番椒"等那种可以与美人蕉、翠雀儿等草花同在街上售卖的资格。小孩儿拿它玩耍，仿佛也是出于不得已；这种玩艺儿好玩不好吃，不像落花生或枣子那样可以"吃玩两便"。

其实呢，西红柿的味道并不像它的叶子那么臭恶，而且不比臭豆腐难吃，可是那股青气味儿到底要了它的命。除了这点味道，恐怕它的失败在于它那点四不像的劲儿：拿它当果子看待，它甜不如果，脆不如瓜；拿它当菜吃，煮熟之后屁味没有，稀松一堆，没点"嚼头"；它最宜生吃，可是那股味儿，不果不瓜不菜，亦可以休矣！

西红柿转运是在近些年，"番茄"居然上了菜单，由英法大菜馆而渐渐侵入中国饭铺，连山东馆子也要报一报"番茄虾银（仁）儿"！文化的侵略哟，门牙也挡不住呀！

可是细一看呢，饭馆里的番茄这个与那个，大概都是加上了点番茄汁儿，粉红怪可看，且不难吃；至于整个的鲜番茄，还没多少人肯大嘴地啃。肯生吞它的，或者还得算留过洋的人们和他们的儿女，到底他们的洋味地道些。

近来西医宣传西红柿里含有维他命 A 至 W，可是必须生吃，这倒有点别扭。不过呢，国人是最注意延年益寿、滋阴补肾的东西，或者这点青气味儿也不难于习惯下来的；假如国医再给证明一下：番茄加鹿茸可以壮阳种子，我想它的前途正自未可限量咧。

# 腊八粥

沈从文

初学喊爸爸的小孩子，会出门叫洋车了的大孩子，嘴巴上长了许多白胡胡的老孩子，提到腊八粥，谁不口上就立时生一种甜甜的腻腻的感觉呢。把小米，饭豆，枣，栗，白糖，花生仁儿合并拢来糊糊涂涂煮成一锅，让它在锅中叹气似的沸腾着，单看它那叹气样儿，闻闻那种香味，就够咽三口以上的唾沫了，何况是，大碗大碗地装着，大匙大匙朝口里塞灌呢！

住方家大院的八儿，今天喜得快要发疯了。一个人出出进进灶房，看到那一大锅正在叹气的粥，碗盏都已预备得整齐摆到灶边好久了，但他妈总说是时候还早。

他妈正拿起一把锅铲在粥里搅和。锅里的粥也像是益发浓稠了。

"妈，妈，要到什么时候才……"

"要到夜里！"其实他妈所说的夜里，并不是上灯以后。但八儿听了这种松劲的话，眼睛可急红了。锅子中，有声无力的叹气正还在继续。

"那我饿了！"八儿要哭的样子。

"饿了，也得到太阳落下时才准吃。"

饿了，也得到太阳落下时才准吃。你们想，妈的命令，看羊还不够资格的八儿，难道还能设什么法来反抗吗？并且八儿所说的饿，也不可靠，不过因为一进灶房，就听到那锅子中叹气又像是正在呼唤的东西，因好奇而急于想尝尝这奇怪东西罢了。

"妈，妈，等一下我要吃三碗！我们只准大哥吃一碗。大哥同爹都吃不得甜的，我们俩光吃甜的也行……妈，妈，你吃三碗我也吃三碗，大哥同爹只准各吃一碗；一共八碗，是吗？"

"是呀！孥孥说得对。"

【腊八粥】

"要不然我吃三碗半，你就吃两碗半……"

"卜……"锅内又叹了声气。八儿回过头来了。

比灶矮了许多的八儿，回过头来的结果，亦不过看到一股淡淡烟气往上一冲而已！

锅中的一切，这在八儿，只能猜想……栗子会已稀烂到认不清楚了罢，赤饭豆会煮得浑身透肿成了患水臌胀病那样子了罢，花生仁儿吃来总已是面东东的了！枣子必大了三四倍——要是真的干红枣也有那么大，那就妙极了！糖若作多了，它会起锅巴……"妈，妈，你抱我起来看看罢！"于是妈就如八儿所求地把他抱了起来。

"呃……"他惊异得喊起来了，锅中的一切已进了他的眼中。

这不能不说是奇怪呀，栗子跌进锅里，不久就得粉碎，那是他知道的。他曾见过跌进到黄焖鸡锅子里的一群栗子，不久就融掉了。赤饭豆害水臌肿，那也是往常熬粥时常见的事。

花生仁儿脱了他的红外套，这是不消说的事。锅巴，正是围了锅边成一圈。总之，一切都成了如他所猜的样子了，但他却不想到今日粥的颜色是深褐。

"怎么，黑的！"八儿还同时想起染缸里的脏水。

"枣子同赤豆搁多了。"妈的解释的结果，是捡了一枚特别大得吓人的赤枣给了八儿。

虽说是枣子同饭豆搁得多了一点，但大家都承认味道是比普通的粥要好吃得多了。

夜饭桌边，靠到他妈斜立着的八儿，肚子已成了一面小鼓了。如在热天，总免不了又要为他妈的手掌麻烦一番罢。在他身边桌上那两支筷子，很浪漫地摆成一个十字。桌上那大青花碗中的半碗陈腊肉，八儿的爹同妈也都奈何它不来了。

"妈，妈，你喊哈叭出去了罢！讨厌死了，尽到别人脚下钻！"

若不是八儿脚下弃得腊肉皮骨格外多，哈叭也不会单同他来那么亲热罢。

"哈叭，我八儿要你出去，快滚罢……"接着是一块大骨头掷到地上，哈叭总算知事，衔着骨头到外面啃嚼去了。

"再不知趣，就赏它几脚！"八儿的爹，看那只哈叭摇着尾巴很规矩的出去后，对着八儿笑笑地说。

其实，"赏它几脚"的话，倘若真要八儿来执行，还不是空的？凭你八儿再用力重踢它几脚，让你八儿狠狠地用出吃奶力气，顽皮的哈叭，它不还是依然伏在桌下嚼它所愿嚼的东西吗？

因为"赏它几脚"的话，又使八儿的妈记起了许多他爹平素袒护狗的事。

"赏它几脚，你看到它欺负八儿，哪一次又舍得踢它？八宝精似的，养得它恣剌得怪不逗人欢喜，一吃饭就来桌子下头钻，赶出去还得丢一块骨头，其实都是你惯死了它！"这显然是对八儿的爹有点揶揄了。

“真的，妈，它还抢过我的鸭子脑壳呢。”其实这也只能怪八儿那一次自己手松。然而八儿偏把这话来帮助他妈说哈叭的坏话。

“那我明天就把哈叭带到场上去，不再让它同你玩。”果真八儿的爹的宣言是真，那以后八儿就未免寂寞了。

然而八儿知道爹是不会把狗带到场上去的，故毫不气馁。

“让他带去，我宝宝一个人不会玩，难道必定要一个狗来陪吗？”以下的话风又转到了爹的身上，“牵了去也免得天天同八儿争东西吃！”

“你只恨哈叭，哈叭哪里及得到梁家的小黄呢？”

“要是小黄在我家里，我早就喊人来打死卖到汤锅铺子去了。”八儿的妈说来脸已红红的！

小黄是怎么一个样子，乃值得八儿的爹提出来同哈叭相较呢？那是上隔壁梁家一只守门狗，有得是见人就咬的一张狠口。梁家因了这只狗，几多熟人都不敢上门了。但八儿的妈，时常过梁家时，那狗却像很客气似的，低低吠两声就走了开去。八儿的妈，以为这已是互相认识的一种表示了，所以总不大如别人样对这狗防备。上月子，为八儿做满八岁的生日，八儿的妈上梁家去借碓舂粑粑，进门后，小黄突然一变往日态度，毫不认账似的，扑拢来大腿腱子肉上咬了一口就走了。这也只能怪她自己，头上顶了那个平素小黄不曾见她顶过的竹簸。落后是梁四屋里人为敷上了止血药，又为把米粉舂好了事。转身时，八儿的妈就一一为他爹说了，还说那畜生连天天见面的人也认不清，真的该拿来打死起！因此一来，八儿的爹就找出一句为自己心爱这只哈叭护短的话了。

譬如是哈叭顽皮到使八儿的妈发气时，八儿的爹就把"比梁家小黄就不如了！""那你喜欢小黄罢？""我这哈叭可惜不会咬人！"一类足以证明这只哈叭虽顽皮实天真驯善的话来解围，自然这一类解围的话中，还夹着点逗自己奶奶开心的意味。

本来那一次小黄给她的惊吓比痛苦还多，请想，两只手正扶着一个大簸簸，而那畜生闪不知扑拢来就在你腱子肉上啃一下，怎不使人气愤？要是八儿家哈叭竟顽皮到同小黄一样，恐怕八儿的爹，不再要奶奶提议，也早做成打狗的杨大爷一笔生意了。

八儿不着意地把头转到门帘子脚边去，两个白花耳朵同一双大眼睛又在门帘下脚掀开处出现了。哈叭像是心里怯怯的，只把一个头伸进房来看里面的风色，又像不好意思似的（尾巴也在摇摆）。

“混账……”很懂事样子经过八儿一声吆喝，哈叭那个大头就不见了。

然而八儿知道哈叭这时还在门帘外边徘徊。

图书在版编目（CIP）数据

人生大事　吃喝二字 / 梁实秋等著. —广州：广东人民出版社，2024.3

ISBN 978-7-218-17008-4

Ⅰ.①人… Ⅱ.①梁… Ⅲ.①散文集—中国—现代②散文集—中国—当代　Ⅳ.①I266

中国国家版本馆CIP数据核字（2023）第191784号

RENSHENG DASHI CHIHE ERZI

人生大事　吃喝二字

梁实秋、汪曾祺、蔡澜　等著

版权所有　翻印必究

出 版 人：肖风华

责任编辑：钱飞遥
产品经理：周　秦
责任技编：吴彦斌
监　　制：黄　利　万　夏
特约编辑：曹莉丽　鞠媛媛　方　莹
营销支持：曹莉丽
版权支持：王福娇
封面书画：李知弥
内文插图：焦　蕊
装帧设计：紫图图书ZITO®

出版发行：广东人民出版社
地　　址：广东省广州市越秀区大沙头四马路10号（邮政编码：510199）
电　　话：(020)85716809(总编室)
传　　真：(020)83289585
网　　址：http://www.gdpph.com
印　　刷：艺堂印刷（天津）有限公司
开　　本：880mm×1230mm　1/32
印　　张：7.25　字　数：112千
版　　次：2024年3月第1版
印　　次：2024年3月第1次印刷
定　　价：65.00元

如发现印装质量问题，影响阅读，请与出版社（020-85716849）联系调换。
售书热线：（020）85716833